QUATRIÈME CAHIER DE LA CINQUIÈME SÉRIE

ROMAIN ROLLAND

# le Théâtre du Peuple

CAHIERS DE LA QUINZAINE
paraissant vingt fois par an
PARIS
8, rue de la Sorbonne, au rez-de-chaussée

*Pour savoir ce que sont les Cahiers de la Quinzaine,
il suffit d'envoyer un mandat de trois francs cinquante
à M. André Bourgeois, administrateur des cahiers,
8, rue de la Sorbonne, rez-de-chaussée, Paris, cinquième
arrondissement. On recevra en spécimens six cahiers
de la deuxième, de la troisième et de la quatrième
série.*

*Nous mettons ce cahier dans le commerce ; nous le
vendons trois francs cinquante.*

*Nous avons fait tirer à dix mille exemplaires sur
huit pages pour ce quatrième cahier un vient de
paraître constitué par l'avertissement, la table détaillée
des matières et la fin de la conclusion.*

*Sur les œuvres et les travaux de Romain Rolland*
*publiés dans les éditions des cahiers antérieures à la*
*fondation des cahiers et dans les trois premières séries*
*des cahiers, se référer au*

*Sixième cahier de la quatrième série, cahier de cour-*
*rier, courrier de Paris, inventaire des cahiers, en forme*
*de catalogue, un cahier de 72 pages.*      *un franc*

*Nous publierons dans un cahier de la cinquième série*
*le relevé sommaire des œuvres et des travaux de Romain*
*Rolland publiés dans la quatrième série de nos cahiers.*

*Les œuvres et les travaux de Romain Rolland*
*paraissent régulièrement en cahiers.*

# le théâtre du peuple

Le nouveau est venu, l'ancien a passé.

*Schiller à Goethe. — 1804*

15709

à Maurice Pottecher,

premier fondateur en France

du *Théâtre du Peuple*

*Au moment où paraît ce cahier, se font les premiers efforts sérieux pour fonder à Paris le Théâtre du Peuple. Déjà, depuis septembre, un Théâtre Populaire régulier est ouvert, à Belleville. Un autre, cette semaine même, vient de s'ouvrir à Clichy. On y tâche, sans fracas, sans représentations extraordinaires, par un travail modeste et régulier, d'établir entre l'art et le peuple un courant ininterrompu. D'autres tentatives analogues doivent être faites, cette année, sur divers points de Paris. A côté de ces essais loyaux, des contrefaçons prétentieuses, qui attestent du moins la puissance du mouvement populaire, tentent de s'emparer du beau nom de Théâtre du Peuple, pour le dénaturer. Il importe de distinguer impitoyablement la plante populaire des parasites qui s'efforcent de vivre à ses dépens. Le Théâtre du Peuple n'est pas un article de mode et un jeu de dilettantes. C'est l'expression impérieuse d'une société nouvelle, sa pensée et sa voix ; et c'est, par la force des choses, en cette heure de crise, sa machine de guerre contre une société caduque et déchue. Les années qui viennent seront décisives pour le Théâtre du Peuple de Paris. Non que rien puisse*

7

### Roman Rolland

*l'empécher maintenant de s'établir. Il est nécessaire,
et il sera. Mais il ne faut point d'équivoque. Il ne
s'agit pas d'ouvrir de nouveaux vieux théâtres, dont
le titre seul est neuf, des théâtres bourgeois qui tâchent
de donner le change, en se disant populaires. Il s'agit
d'élever le Théâtre par et pour le Peuple. Il s'agit
de fonder un art nouveau pour un monde nouveau.*

Romain Rolland

*15 novembre 1903*

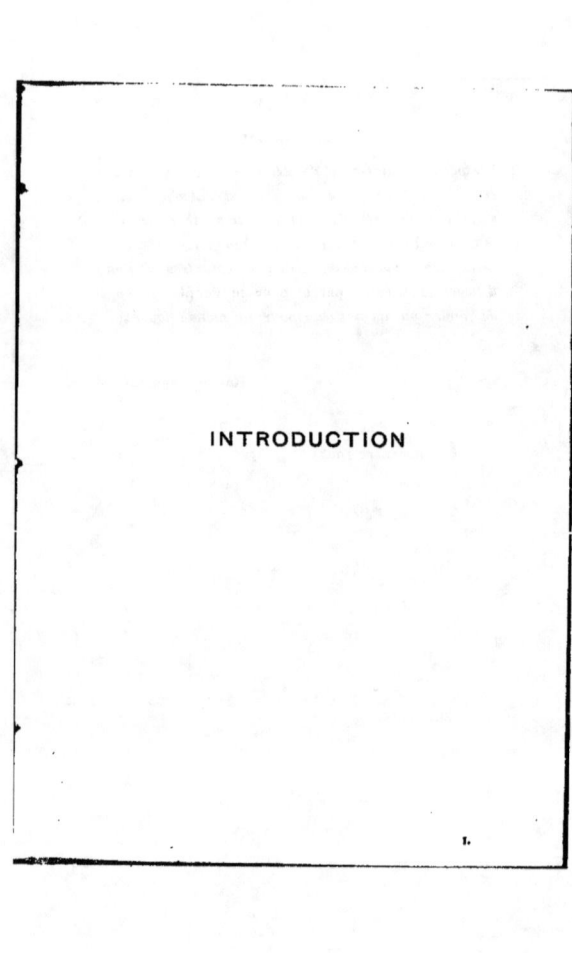

INTRODUCTION

1.

# LE PEUPLE ET LE THÉATRE

Il s'est produit un fait remarquable depuis dix ans.
L'art français, le plus aristocratique de tous les arts,
s'est aperçu que le Peuple existait. — Il le connaissait
bien comme matière à discours, à roman, à drame, ou
à tableau,...

« Admirable sujet à mettre en vers latins! »...

Mais il ne comptait pas avec lui, comme avec un être
vivant, un public et un juge. (1) Les progrès du socialisme ont attiré l'attention et les convoitises des artistes
vers le souverain nouveau, dont les politiciens étaient
jusqu'à présent les interprètes uniques : auteurs et
acteurs tout ensemble. Ils ont découvert le peuple à
leur tour, — découvert, si j'ose dire, un peu à la façon
dont les explorateurs d'aujourd'hui découvrent une
terre inconnue : comme un débouché pour leurs pro-

---

(1) Alors le poète belge Rodenbach écrivait : « *L'art n'est pas
fait pour le peuple...* Pour qu'il soit compris par le peuple, il faudrait l'abaisser à son niveau. »

duits. Les auteurs y veulent introduire leurs œuvres, l'État son répertoire, ses acteurs, et ses fonctionnaires. C'es toute une comédie, où chacun joue son rôle; mais il n'y a peut-être lieu pour personne de trouver là un sujet d'ironie; car il n'y a peut-être personne qui soit tout à fait à l'abri de l'ironie. Aussi bien il faut prendre les hommes comme ils sont, et ne pas décourager l'intérêt particulier de chercher à se confondre, ou de se confondre naïvement, avec l'intérêt général, pourvu que ce dernier en profite. Or il en est ainsi; et, de ce grand mouvement qui s'étend avec trop de force et d'universalité pour que le bien n'y soit pas mêlé au mal, et la pensée de l'utilité publique aux soucis personnels, je ne veux retenir que deux faits : — C'est d'abord l'importance subite prise par le Peuple en art, — ou plutôt, l'importance prêtée au Peuple; car le Peuple, comme d'habitude, ne parle guère, et chacun parle pour lui. — Et c'est, en second lieu, l'extraordinaire diversité des opinions qui s'abritent sous le nom général d'art populaire.

En réalité, il y a, parmi ceux qui se disent les représentants du Théâtre du Peuple, deux partis absolument opposés : les uns veulent donner au peuple le théâtre tel qu'il est, le théâtre quel qu'il soit. Les autres veulent faire sortir de cette force nouvelle : le Peuple, une forme d'art nouvelle, un théâtre nouveau. Les uns croient au Théâtre. Les autres espèrent dans le Peuple. Entre eux, aucun rapport. Champions du passé. Champions de l'avenir.

Je n'ai pas besoin de dire de quel côté s'est rangé l'État. L'État, par définition, et si paradoxal qu'il semble, est toujours du passé. Quelque nouvelles que soient les formes de vie qu'il représente, dès l'instant qu'il les représente, il les arrête et il les fige. On ne fixe pas la vie. C'est le rôle de l'État de pétrifier tout ce qu'il touche, de faire de tout idéal vivant un idéal bureaucratique.

Cet idéal a été représenté, dans l'occasion, par l'*Œuvre des Trente ans de Théâtre*. Grâce à son intelligent promoteur, M. Adrien Bernheim, quelques représentations classiques ont été données dans les faubourgs parisiens par les acteurs des grands théâtres subventionnés. Aussitôt M. Bernheim et ses amis de s'écrier : « Le théâtre du Peuple est fondé! » — Voilà une belle invention! On baptise le théâtre bourgeois théâtre populaire, et le tour est joué! Donc, rien ne changera, et, dans la société en transformation incessante, l'art seul restera immobile, nous serons condamnés pour l'éternité à un idéal caduc, à un théâtre dont la pensée, le style, le jeu, n'ont plus rien de vivant, à la tradition dégénérée d'une maison de comédiens!

Je dirai plus loin ce que je pense de l'entreprise des *Trente ans de Théâtre*. Je tâcherai d'en parler avec le respect que mérite toute tentative généreuse. Mais elle suppose une confiance en la bonté de notre civilisation en général, et de notre théâtre en particulier, que je suis loin de partager; et je combattrai sans pitié ses illusions. Ces illusions, je le sais, sont partagées par la majorité des esprits de l'élite actuelle. Cela nous prouve ce que nous savons depuis longtemps : qu'il n'y a guère à compter sur cette élite pour l'avenir. Elle s'efforce en vain de donner le change : elle est conservatrice et bourgeoise, elle est du passé, elle

ne peut créer la société ni l'art nouveau; elle dispa-
raîtra.

La vie ne peut être liée à la mort. Or, l'art du passé
est plus qu'aux trois quarts mort. Ce n'est pas là un
fait particulier à notre art français. C'est un fait
général. Un art passé ne suffit jamais à la vie; et
souvent il risque de lui nuire. La condition nécessaire
d'une vie saine et normale, c'est la production d'un
art incessamment renouvelé, au fur et à mesure de
la vie.

Je ne sais si la société qui s'élève créera son art nouveau comme elle. Mais ce que je sais, c'est que si cet
art n'est pas, il n'y a plus d'art vivant, il n'y a plus
qu'un musée, une de ces nécropoles où dorment les
momies embaumées du passé. Nous avons été élevés
dans le culte des souvenirs; il nous est difficile de nous
en dégager. Une poésie les enveloppe, et leur donne
ces teintes adoucies et fondues des horizons lointains.
Mais de ces belles formes qui palpitèrent jadis, la vie
s'est retirée, ou se retire de jour en jour. Si même
quelques chefs-d'œuvre, plus robustes que les autres,
ont gardé jusqu'à nous une partie de leur puissance, il
n'est pas sûr que cette puissance soit bonne aujour-
d'hui. Rien n'est bien qu'à sa place et en son temps.
On peut croire que le bien et le beau existent de façon
absolue, qu'ils sont d'éternelles idées. Mais leurs
expressions varient selon les formes des esprits humains;
et telles qui firent le charme et la noblesse d'un siècle,
risquent, dépaysées dans un autre, d'y être mon-
strueuses et blessantes. Un des dangers de l'art signalés
par Tolstoy vient peut-être de ce que ces forces du
passé, détournées de leur emploi, transportées dans un

14

milieu auquel elles ne sont pas accommodées, causent de graves désordres. Ce n'est pas seulement en morale qu' « un méridien décide de la vérité », et qu' « une rivière la borne ». Il en est de même dans l'art. Des siècles ont proscrit le nu, au nom de scrupules, non seulement moraux, mais esthétiques. Les statuaires du Moyen-Âge l'écartaient comme difforme, pensant que « le vêtement est nécessaire à la grâce du corps ». Les peintres de l'école de Giotto ne trouvaient dans le corps de la femme « aucune mesure parfaite ». (1) Les hommes du dix-septième siècle qui connaissaient le mieux l'architecture gothique, (2) la condamnaient précisément au nom des raisons qui nous la font aimer. Un génie du dix-huitième siècle (3) s'indignait comme d'une injure d'être comparé à Shakespeare. Un grand peintre italien (4) traite la peinture flamande d'art de sacristie, « bon pour les femmes, les moines et les dévots ». Et le moujik, dont parle Tolstoy, regarde avec dégoût la Vénus de Milo. Il est possible que le beau pour l'élite soit le laid pour la foule, qu'il ne réponde pas à ses besoins, aussi légitimes que les nôtres. N'imposons donc pas, sans examen, au peuple du vingtième siècle l'art et la pensée de sociétés aristocratiques et passées. D'ailleurs le théâtre populaire a beaucoup mieux à faire qu'à ramasser les restes du théâtre bourgeois. Nous ne tenons pas à étendre la clientèle des théâtres actuels : ce n'est pas pour eux que nous travaillons; nous n'avons à prendre en considération que le bien de

(1) Cennino Cennini, en 1437.
(2) Fénelon.
(3) Gluck.
(4) Michel-Ange.

l'art ou le bien du peuple. Il faudrait un fier optimisme pour croire que l'un ou l'autre soit intéressé à la diffusion de notre culture artistique, prise dans son ensemble.

Osons secouer l'orgueilleuse superstition de notre précieux art, dont nous sommes si fiers. Examinons franchement s'il y a rien pour le peuple dans le bagage dramatique du passé. — Et s'il n'y a rien, disons-le, sans souci des préjugés.

# LE THÉATRE DU PASSÉ

## PREMIÈRE PARTIE

# LE THÉATRE DU PASSÉ

## I

### MOLIÈRE

Je commencerai par convenir qu'il semble que nous ayons les éléments d'un théâtre comique populaire : Molière en est la pierre angulaire. Par certains côtés, il appartient même plus, en apparence, au peuple qu'à la bourgeoisie. Notre classe n'est plus toujours en parfaite harmonie avec les idées et les sentiments de Molière. Si nous étions francs, nous avouerions parfois des mouvements de révolte, presque d'antipathie, que retiennent et qu'étouffent aussitôt la puissance d'un grand nom et la peur du ridicule. (1) La vie animale s'est trop appauvrie chez nous, pour que nous trouvions un plaisir bien vif aux Scapins et aux Sbriganis, aux coups de bâton et aux clystères, aux grasses gaillardises, et surtout à l'âpreté brutale d'une verve souvent cruelle, qui s'attaque indifféremment aux faibles et aux forts, et ne ménage ni l'âge, ni les infirmités, ni tout ce qu'il

---

(1) L'échec tout récent du *Bourgeois gentilhomme*, à la représentation de gala donnée à l'Opéra, en octobre dernier, pour le roi et la reine d'Italie, en est un indice frappant.

y a de pitoyable dans la nature humaine. Le Grand Roi riait aux éclats, quand Lulli, costumé en mufti, sautait par dessus la rampe, et enfonçait un clavecin à coups de pied et à coups de poing. Saint-Simon raconte de Versailles et de l'entourage de la duchesse de Bourgogne des farces énormes et méchantes, qui montrent la sauvagerie de la Cour. Les comédies de Molière sont accordées au diapason de son temps. Aujourd'hui, le peuple est plus au point que nous pour en jouir à son aise. Encore faut-il distinguer entre les peuples, si j'en crois ce qu'on m'a conté d'une représentation populaire de *Georges Dandin* en Russie. La pièce indigna les paysans, qui prirent violemment parti pour Dandin, contre la coquinerie de sa femme. — Nous n'en sommes pas là ; et *le Mariage forcé* est un des gros succès de nos Universités populaires. J'ai vu jouer à Gérardmer, sous la direction de Maurice Pottecher, *le Médecin malgré lui ;* et bien que les acteurs fussent des garçons et des fillettes du village, sans habitude du théâtre et même de la récitation, la pièce m'a semblé mieux à sa place qu'au Théâtre Français. Les essais qu'on a faits à *la Coopération des idées*, et dans les théâtres des faubourgs, du *Bourgeois gentilhomme* et du *Malade imaginaire* n'ont pas moins réussi. Ce sont œuvres populaires, semble-t-il, par la largeur du dessin, la robuste allégresse, le souffle d'épopée rabelaisienne. — Ne nous hâtons pourtant pas de conclure de notre idée de peuple au peuple tel qu'il est. Je voyais récemment *le Malade imaginaire* dans une des représentations populaires des *Trente ans de Théâtre ;* et certes le succès fut grand, — bien qu'on ait applaudi davantage dans la même soirée des déclamations

sentimentales de Musset; — mais jamais l'énormité de la
farce ne me parut si énorme, non seulement parce que
certains acteurs avaient cru devoir outrer encore leur
comique naturellement outré, mais parce que brusquement on remarquait, en la voyant au grand jour, quelle
part de convention classique se cache dans cette pitrerie
de génie. On y est habitué à la Comédie française ; on
n'y prend plus garde. Mais le peuple l'ignore, et il en
est surpris. Plus d'une fois, j'ai senti chez mes voisins
cette gêne que j'ai souvent observée dans le public
des universités populaires : le soupçon que leurs amuseurs bourgeois ne les traitassent en enfants, qu'ils ne
voulussent se mettre à leur portée. Cette crainte gâtait
leur plaisir, — plaisir réel d'ailleurs ; car qui peut
résister au rire de Molière ?

Au reste, si le peuple ne goûtait dans le répertoire
de Molière que la bouffonnerie, l'avantage serait médiocre ; il apprendrait peut-être une meilleure langue,
mais son intelligence ni son cœur n'y gagneraient guère.
Et je crains que ce ne soit le cas jusqu'à présent :
les chefs-d'œuvre classiques de Molière le laissent assez
froid ; je l'ai vu s'ennuyer poliment au *Misanthrope*,
admirable psychologie de salon, ou aux *Femmes
savantes*, où la comédie emprunte à la tragédie sa
dignité d'allure et son noble maintien. Je sais qu'on a
fait à *Tartuffe*, lors de sa représentation en novembre
1902, à Ba-ta-clan, un succès retentissant ; mais ce
succès ne s'adressait pas à Molière ; il s'adressait à
M. Combes, ou à son porte-parole, le journaliste anticlérical, qui crut bon de faire intervenir la pièce dans
l'affaire des Congrégations, et « dénonça dans Tartuffe
l'éternel ennemi, concluant que la guerre devait conti-

nuer, plus nécessaire à l'heure actuelle que jamais ».
Comme le dit alors naïvement un critique, « c'était
jouer sur le velours. L'homme noir est en horreur
à tout public français. On ne se lasse jamais, chez
nous, de le dénoncer et de le haïr ». (1) Mais dans
ces conditions, il ne s'agit plus d'art, et j'ai quelque
raison de croire que Tartuffe livré à lui-même eût
été moins populaire. Si savoureux qu'il soit et d'une
si robuste carrure, la forme est trop peu libre ; elle
sent son siècle ; les longs discours abondent, sans
parler du langage spécial de la dévotion, dont le sens
échappe à la foule. Le peuple méprise l'hypocrisie
religieuse ; mais je doute qu'il la comprenne, surtout
sous la forme qu'elle avait revêtue au temps des *Pro-
vinciales*.

Mais ne chicanons point Molière. Sa part est assez
belle. Par l'une ou l'autre face de son double masque
comique, il plaît depuis deux siècles à toutes les classes
de la nation, et souvent il les rassemble dans une joie
fraternelle. Cela est rare, presque unique sur notre
scène. La monnaie de Molière ne manque pas en
France. Mais quel qu'ait été le talent des successeurs
du grand homme, on ne trouve guère chez eux cet
opulent mélange de tempéraments opposés, ces deux
natures : l'une qui analyse la vie avec une finesse ironique, un peu désabusée ; l'autre qui en jouit avec une
puissante gaieté. L'observation va d'un côté, et la verve
de l'autre ; à leur suite, le public se divise ; et l'art
s'étiole, ou se dégrade. J'aurai l'occasion de dire plus
loin ce que je pense de notre comédie moderne.

(1) *Le Temps*, 24 novembre 1902.

## II

## LA TRAGÉDIE CLASSIQUE

La comédie de Molière peut, à la rigueur, pourvoir aux premiers besoins d'un théâtre populaire; elle ne peut lui suffire. D'une façon générale, ce n'est pas assez de la comédie. Le rire est une force; la satire intelligente des vices satisfait la raison. Mais on ne saurait y trouver de ressort assez énergique pour l'action. La comédie classique, entre toutes, s'impose d'étroites limites; son domaine est celui du bon sens; elle y règne en maîtresse, mais elle n'en sort guère. Il n'est rien d'aussi précieux que le bon sens; et ce n'est pas en un temps qui en semble si dépourvu, qu'il faudrait dire le contraire; le bon sens peut mener à tout, même à l'héroïsme : — on l'a vu. — Mais un peuple est femme; il ne se conduit pas seulement par sa raison : davantage par ses instincts et ses passions; il les faut nourrir et diriger. Les émotions du grand art tragique peuvent avoir sur lui une prise puissante dont les effets sont inappréciables. Avons-nous en France un répertoire dramatique ou tragique qui puisse lui servir d'aliment? Existe-t-il un théâtre qui exalte les puissances héroïques de l'âme, la vigueur de ses passions et de sa volonté?

Le premier qui s'offre à l'examen est notre tragédie classique du dix-septième siècle.

On a fait grand bruit du succès récent d'*Andromaque* à Ba-ta-clan. C'est de là que M. Bernheim et ses amis sont partis pour affirmer que la tragédie clas-

sique était un genre populaire. Examinons donc ce
succès. — « L'épreuve tentée à Ba-ta-clan, écrivait
naguère M. Larroumet, champion de M. Bernheim, a
été d'une évidence radieuse. *Andromaque* a excité un
enthousiasme inouï. Le peuple (3.000 spectateurs) n'a
pas perdu un détail de l'action, un mot du dialogue.
Oui, l'élégance de Racine, son choix de mots, sa généra-
lité de termes, le fondu de sa couleur, il a saisi et senti
les nuances de tout cela. » (1)

Je vois mal, pour ma part, « le peuple (3.000 spectateurs) » appréciant « le choix des mots » et « le fondu
de la couleur » de Racine, à la façon d'un professeur de
rhétorique. Qui veut trop prouver ne prouve rien. —
Soyons plus méfiants, et voyons dans quelles conditions
eut lieu la représentation. Pour cette fois, ce ne fut pas
un journaliste anticlérical, qu'on chargea de présenter
Racine au peuple, ce fut un avocat d'assises. Pourquoi
un avocat ? Le critique du *Temps* nous l'apprend :

« Maître Félix Decori, le célèbre avocat d'assises, *de
par sa profession* devait voir juste dans l'art de Racine.
Il n'y a pas  ı sujet de Racine qui ne reparaisse à chaque
page dans la *Gazette des Tribunaux*. Pour *Andromaque* en particulier, le sujet n'est autre chose qu'un
crime passionnel. L'aventure d'Oreste et de Pyrrhus,
d'Hermione et d'Andromaque se ramène à ceci : une
femme se venge de l'homme qu'elle aime, qui ne l'aime
pas, et qui aime une autre femme, en faisant tuer cet
homme par un homme dont elle est aimée, qu'elle
n'aime pas et auquel elle se promet. Maître Decori n'a
eu qu'à prendre dans ses souvenirs de la barre pour

---

(1) *Le Temps,* 27 octobre 1902. '

24

y trouver une histoire exactement semblable, dont les héros étaient un boucher, sa femme, leur garçon et une mercière. Il l'a racontée, et a conclu : « Je viens de vous exposer le sujet d'*Andromaque.* » (1)

Maintenant je comprends le succès d'*Andromaque.* Vous avez offert au peuple un feuilleton du *Petit Journal!* — Mais croyez-vous sincèrement que ce soit là *Andromaque?* Est-ce là ce « fondu de la couleur », cette « élégance de Racine », etc., etc. ? Comment ne voyez-vous pas que dans l'art de Racine, le sujet n'est presque rien, que l'analyse des âmes, que l'expression est tout, et que quand vous soulignez d'un trait grossier le sujet, *le mélodrame,* vous ne faites pas applaudir Racine, vous le tournez en dérision !

M. Faguet l'a bien senti, et dans une de ses pages les plus dégagées de tout esprit d'école, il a montré ironiquement ce que la foule voyait dans le chef-d'œuvre de Racine. — M. Faguet n'est certes point l'ami du Théâtre du peuple ; il prouve fréquemment à ses lecteurs du *Journal des Débats,* — qui ne demandent qu'à en être convaincus, — que le théâtre du peuple ne peut pas exister ; *car* il n'a pas existé jusqu'à présent : (2) — étant admis d'avance qu'il n'y a jamais de progrès, et que tout est toujours le même, — ce qui est bien commode. M. Faguet est trop spirituel, pour qu'on entreprenne de discuter avec lui une assertion dont il sait mieux que personne l'exacte valeur ; et toute la vengeance que j'en veux tirer, c'est de me servir de son ironie même, quand elle s'exerce à notre profit.

---

(1) *Le Temps,* même article.
(2) *Journal des Débats,* 20 juillet 1903.

« Vous êtes-vous avisés, demande-t-il, d'envisager *Andromaque* en mélodrame? Si vous vous en êtes avisés, vous vous êtes aperçus qu'elle peut très bien être prise de ce biais. Il y a une innocente persécutée, un traître aidé d'une traîtresse, et un tyran féroce. Voilà les éléments du mélodrame : ils y sont tous. Et après bien des péripéties où le personnage sympathique ne fléchit pas, arrive jusque sur le point de commettre une faiblesse et ne la commet pas, reste fidèle à ces deux sentiments nobles : son amour maternel et son amour conjugal, le tyran féroce est tué, le traître devient fou, la traîtresse se poignarde, et le personnage sympathique devient reine de France, en compagnie de son petit garçon sauvé des eaux. C'est le mélodrame par excellence, c'est le roi des mélodrames. » (1)

Suit un projet de dénouement à la Diderot, pour représentations populaires : le couronnement d'Andromaque. « Qu'elle monte sur le trône, et que Céphise lui apporte son enfant, et qu'Andromaque le prenne sur ses genoux, et l'embrasse avec sensibilité. La toile tombe. »

« Mais, continue M. Faguet, examinez combien de tragédies classiques renferment un mélodrame avec ses éléments suffisants et nécessaires : personnage sympathique, personnage sympathique en péril, péripéties, personnage sympathique triomphant à la fin, vertu récompensée et vice puni ?. — J'ai vu jouer *Phèdre*, *Athalie*, devant un public très populaire, respectueusement, mais froidement. Dans *Phèdre*, on ne s'intéressait qu'à l'innocent persécuté, à Hippolyte... On n'était véritablement remué qu'à la scène de dis-

---

(1) *Journal des Débats*, 23 février 1903.

26

cussion d'Hippolyte avec Thésée, au quatrième acte, et
à celle du récit de Théramène. — Pour *Athalie*, c'était
bien autre chose. L'effet produit par *Athalie* était un
effet d'*étonnement*, et rien autre. Le public populaire
était étonné, et puis il était encore étonné, et ce fut cela
jusqu'à la fin inclusivement. Et cela est naturel. Que
faisait le public populaire à toute cette représentation
d'*Athalie ?* Et que vouliez-vous qu'il fît ? Il cherchait le
personnage sympathique, et naturellement il ne le trouvait pas, Racine ayant négligé ou dédaigné de l'y
mettre. Il se disait : « Bon ! Joad est une vieille canaille,
très forte du reste ; Athalie est une vieille canaille, qui
devient gaga ; Abner est un pur et simple imbécile.
Mais celui à qui l'on veut que je m'intéresse, où est-il ?
Quand sortira-t-il de la coulisse ? Je l'attends pour m'é-
mouvoir. » — Le public populaire l'a attendu jusqu'à la
fin du cinquième acte ; et du reste, qu'Athalie fût égor-
gée, Joad vainqueur, et Joas couronné, cela lui était
bien égal. *Moi-même...* Parfaitement !... J'étais devenu
un peu peuple par communication, et j'en arrivai peu à
peu à cette impression : « Elle est admirable, cette
pièce ; mais admirable et intéressante sont deux choses
extrêmement différentes ; et pour ce qui est de l'intérêt
dramatique, *ils ont raison : ce n'est pas une pièce intéressante.* » (1)

Je prie qu'on note ces dernières lignes, si lucides
et si libres. Elles sont vraies, non seulement d'*Athalie*,
mais d'une bonne partie des chefs-d'œuvre classiques.
Que le théâtre de Racine ne soit pas populaire, c'est un
fait qui ne prouve ni contre le peuple, ni contre Racine.

---

(1) *Journal des Débats*, même article.

Ce sont deux mondes différents : il n'y a aucun intérêt à les vouloir rapprocher Le grand art de Racine est d'une impersonnalité sereine, au fond de laquelle transparaissent, comme d'une eau limpide, les âmes et leurs émotions, — surtout des âmes faibles et des émotions féminines. L'auteur ne prend point parti ; à peine semble-t-il se passionner pour ou contre les événements où vont se briser ses héros ; il ne fait rien pour les violenter, il les subit passivement. On ne sent point en lui une force supérieure qui cherche à s'imposer : le Maître, dont une foule, surtout une foule française, aime à sentir au théâtre la domination de la volonté, de la pensée, ou simplement du verbe, — ce qui fit, de notre temps, la popularité plus ou moins justifiée de Dumas fils. — Le théâtre de Racine est l'œuvre d'un dilettante de génie, qui fait de l'art pour l'art, que l'action n'intéresse guère, et qui par suite n'en peut guère exercer, sinon sur les artistes comme lui, — aristocratie dont le nombre sera toujours restreint.

*⁂*

Il en est autrement de Corneille. On se trouve en présence d'une volonté qui s'adresse directement à la volonté, d'un homme qui parle à l'homme, d'un grand courant d'action qui relie, d'une façon continue, le public à la scène. Certains, — les délicats, — peuvent être choqués de l'insistance fatigante d'un homme qui vous parle au visage, qui ne vous lâche plus après vous avoir saisi, et qui vous étourdit de sa faconde violente. Mais la foule aime qu'on lui commande. Elle n'a point avec Corneille ce malaise qu'elle éprouve inconsciemment aux pièces de Racine : d'être étrangère à ce qui se passe sur la scène, d'assister du dehors à des drames intimes. Corneille la jette dans l'action. Il réalise cette première loi du grand poète dramatique : parler pour tous. — Puis ce robuste Normand est peuplé par certains traits de son tempérament : son amour des discours, sa violence sanguine, ses emportements soudains, ses brusques volte-faces de sentiments, toute la sauvagerie instinctive qui s'abrite sous les idées générales, — comme Horace poignardant sa sœur au nom de la Raison ! (1) Ces caractères entiers, qu'un grand événement imprévu bouleverse de fond en comble, et transforme de toutes pièces, sont d'essence populaire. Le revirement absolu d'âmes comme celles de Cinna, d'Émilie, d'Auguste, à la fin de la tragédie, est presque inexplicable à des consciences bourgeoises, lentes et réfléchies ; elle est naturelle à des âmes passionnées et sans nuances. (2)

Et pourtant, aucune pièce de Corneille n'est restée entièrement populaire. Il en est plusieurs raisons :

La langue. — C'est un fait général, que la forme d'une tragédie ou d'un drame se fane plus vite que celle d'une comédie ; du moins, elle cesse plus vite d'être sentie du public. En effet, elle est moins réaliste, elle

---

(1)    « C'est trop, ma patience à *la raison* fait place. »
                    (Horace tuant Camille)

(2) Certains vers de Corneille montrent des successions de passions aussi rapides et aussi inattendues, que la mimique à demi-barbare d'un acteur japonais :

    « Ma haine va mourir, que j'ai crue immortelle ;
    Elle est morte, et ce cœur devient sujet fidèle ;
    Et prenant désormais cette haine en horreur,
    L'ardeur de vous servir succède à sa fureur. »

                    *(Cinna)*

s'appuie moins sur l'observation de la nature, elle est plus subjective, plus individuelle; elle reçoit davantage l'empreinte du poète, du temps, de la nation. L'imagination poétique se nourrit de l'atmosphère du siècle, de l'ensemble d'habitudes populaires ou mondaines où l'auteur a vécu. Rien n'est dépaysé plus promptement qu'une métaphore poétique, quand le poète a vécu de la vie de cour, ou de salons, dont le mobilier intellectuel se renouvelle tous les dix, vingt, ou trente ans. Aussi ces images deviennent souvent presque incompréhensibles, sauf à une faible élite de raffinés, qui trouvent un charme de plus à ce qu'elles ont de rare, de surprenant pour le goût, soit qu'elles brûlent de façon étrange, comme les métaphores de Shakespeare, soit qu'elles aient pris des teintes délicates et passées, un peu vieillottes, comme les images classiques. — En dehors de ces causes générales d'usure, le style de Corneille est particulièrement obscur. Sauf aux points culminants de l'action, il est abstrait, embrouillé, souvent impropre, parfois inintelligible; on raillait déjà de son temps le galimatias cornélien. Je veux bien qu'il ne soit pas toujours un obstacle à l'admiration du peuple, qui n'entend guère dans les discours que quelques mots retentissants, et l'accent de celui qui les dit. Mais c'est là une chose fâcheuse, qu'on doit reconnaître, et déplorer; car cette stupide fascination de la parole, devant qui abdique la raison, a causé dans l'histoire des malheurs innombrables; et le rôle d'un théâtre populaire, loin d'encourager le sommeil de l'esprit, est de le combattre résolument, en ne présentant rien au peuple qu'il ne puisse comprendre.

D'autre part, le système dramatique de Corneille est

fait pour rebuter un auditoire populaire. Il ne lui offre qu'un minimum de plaisir. Peu de personnages ; peu d'événements ; point de mise en scène ; point d'action apparente, ou une action qui se traduit en paroles abstraites. Ce théâtre repose sur les anciennes humanités, le discours latin, l'amplification du barreau, la rhétorique bourgeoise. Rien pour la vie physique du peuple, qui souffre d'être comprimée. Rien pour son imagination enfantine et avide. On sent que cet art est l'expression d'une société « d'imagination sèche et de raison exigeante », (1) à l'opposé du peuple. — Cela est frappant dans les idées, les sujets, les personnages mêmes, dont toute une partie nous est devenue étrangère et lointaine. Il ne s'agit pas seulement de certaines fureurs, dont nous ne sentons plus l'aiguillon avec cette intensité, de certaines passions de l'âge de pierre, comme celle du point d'honneur (plus surprenante encore dans le théâtre espagnol, et qui conduit tel héros de Calderon à des actes non seulement atroces, mais absurdes). Il ne s'agit pas non plus uniquement de ces parties mortes de l'âme, de cette galanterie insupportable, de cette politesse amoureuse, ridiculement démodée. L'âme même de cet art est à peu près perdue pour nous. C'est un art politique, fait pour un public d'hommes d'État, de patriotes, de théoriciens du gouvernement ou de la révolte. Il reflète, comme on l'a dit, cette génération de grands ambitieux des ministères Richelieu et Mazarin, « ces âmes fortes et dures », dont la passion dominante était de gouverner, et qui, en pensée, parfois en action, essayant de toutes les

---

(1) Gustave Lanson. — *Histoire de la littérature française.*

formes politiques, et raisonnant sur toutes, contribuè-
rent à l'élaboration de la puissante machine politique
du dix-septième siècle. A eux s'adressent les discus-
sions de *Cinna*, de *Sertorius*, d'*Othon*. Si pénétrantes
qu'elles soient, quel intérêt vivant ont-elles gardé pour
nous ? Sans doute notre temps, comme celui de
Corneille, est un temps de politique, âprement attaché
à résoudre des problèmes de gouvernement et de vie
sociale, à trouver une formule nouvelle qui satisfasse
nos exigences intellectuelles et morales. Mais les
questions qui nous occupent sont différentes de celles
d'il y a deux cents ans ; et en politique, on ne s'intéresse
qu'aux questions présentes. Les raisons de Cinna et de
Maxime n'ont pas perdu leur prix ; mais ce sont (comme
presque toujours chez Corneille) discours d'aristocrates,
rompus à la pratique des affaires, et méprisants du
peuple. Que le peuple s'en défie. Au fond, ces discus-
sions contraires mènent presque toujours à l'apothéose
de la monarchie, et de la paix victorieuse qui suit les
longues guerres. On comprend que Napoléon ait fait
servir *Cinna* à ses desseins, et que Talma l'ait joué à
Erfurt, devant les rois vaincus. Mais aujourd'hui, de
tels spectacles sont déplacés et sonnent faux. Et quant
à les donner au peuple pour leur grandeur d'art, quelles
que soient les idées qui y sont exposées, c'est d'un
dilettantisme qu'il sied peu d'encourager.

Un petit nombre seulement des œuvres de Corneille
me semblent accessibles à la foule : — *Horace*, dont les
cris d'héroïsme sauvage sont bien faits, — un peu
trop, — pour remuer les masses. Même le procès de la
fin n'est pas sans une grandeur populaire qui échappe
au public actuel. Malheureusement la langue est souvent

obscure, et l'action lente et froide. — La jeunesse
ardente du *Cid,* sa liberté d'allure, son abondance
généreuse de vie, inspirent une sympathie irrésistible.
Peut-être cependant le problème chevaleresque qui y
était posé pour les gentilshommes duellistes de la cour
de Louis XIII est-il devenu un peu archaïque pour les
ouvriers du faubourg Saint-Antoine. — *Nicomède*
serait peut-être l'œuvre la plus populaire de Corneille ; car le caractère principal est de cette espèce
chère à tout peuple : un bon géant joyeux, un Siegfried
gaulois, seul au milieu d'ennemis, déjouant leurs perfi-
dies, raillant leurs petitesses, avec un héroïsme ironique,
tranquille et finalement heureux. Les figures qui
l'entourent sont pittoresques : la belle sauvage Laodice,
le vieux roi, peureux et menteur, le chevalier français
Attale, le diplomate anglo-saxon Flaminius. La pièce
est habilement machinée, et les aventures ont peut-être
plus d'intérêt, que ce n'est l'habitude des tragédies, ou
un intérêt moins attendu, et qui grandit jusqu'à la fin.
Pourquoi, précisément ici, le style est-il plus obscur et
plus galimatias que jamais ? Comme *Horace,* et davantage encore, on ne pourrait jouer *Nicomède* sans
coupures et sans explications. — En somme, et sans
pousser l'examen plus avant, il semble qu'on ne puisse
rien retenir de la tragédie du dix-septième siècle que
pour la lecture, et non pour la représentation. (1)

---

(1) Maurice Pottecher, bien placé pour observer de près le public
populaire, est du même avis : « Je ne crois guère possible de faire un
emprunt à notre tragédie classique ; c'est une forme d'art aristocratique qui me semble peu convenir à l'auditoire d'un Théâtre du
peuple ; et des acteurs populaires ne sont point faits pour parler la
langue que Corneille et Racine prêtent à leurs héros. » (*Le Théâtre
du Peuple.* — *Revue des Deux Mondes,* premier juillet 1903)

## III

### LE DRAME ROMANTIQUE

Pour le Drame romantique, la question est tout autre. Il ne s'agit pas d'en faciliter l'accès au peuple, mais bien plutôt d'en préserver le peuple, si celui-ci avait tendance, comme je crois, à se laisser séduire par lui. — On n'a plus aucun mérite à le dire : le drame romantique n'est qu'une forme du mélodrame; et toute la poésie verbale dont il est revêtu ne fait qu'augmenter ses dangers. (1) C'est une peau de lion jetée sur la niaiserie ou la bassesse. Avec ses superbes prétentions de donner la clef de l'universelle énigme, de peindre le monde entier et de l'expliquer, « de regarder *tout, à la fois, sous toutes ses faces* », comme l'annonce naïvement la préface de *Marie Tudor*, ce drame se contente à fort bon marché. En fait d'observation, il s'en tient à des abstractions de tragédie voltairienne, qu'il affuble des oripeaux d'une érudition d'autant plus minutieuse qu'elle est moins sûre. En fait de pensée, c'est un arlequin bigarré d'idéologies contradictoires où le ton dominant est un naturisme assez plat, venu des Encyclopédistes, sur lequel les

---

(1) Il va de soi qu'on ne parle ici ni de l'admirable théâtre de Musset, rêve d'aristocratique adolescent, ni des quelques drames d'Alfred de Vigny, d'ailleurs inférieurs à leur renommée, froids et antipopulaires. Quant à Hugo, il est juste de reconnaître qu'il n'a tenu qu'à lui de faire un théâtre hautement populaire, comme il fit un roman et un pamphlet puissamment populaires, malgré tous leurs défauts. Mais au temps où il écrivit ses grands drames, il n'y avait rien de démocratique en lui.

emphases révolutionnaires et les violences exaspérées
du romantisme allemand ont déposé leur vernis. Riche
de bruit, d'éloquence, d'airs de bravoure, d'images
éclatantes, de fausse science et de fausse pensée, ce
théâtre est le capitan matamore de l'art français. Il ne
se donne la peine, ni de penser, ni d'apprendre, ni
d'observer; il n'a ni vérité, ni honnêteté; il *bluffe* avec
maëstria. C'est bien un mélodrame qui exploite son
public, qui le prend par sa niaiserie, dupe des mots
bruyants, par sa sensiblerie habituée à confondre la
passion avec les grimaces de la passion, par sa
bassesse enfin, qui sous les revendications pseudo-
humanitaires et pseudo-religieuses, trouve l'appât d'un
matérialisme grossier, où il mord avidement. Ces faux
brigands, ces faux révoltés sont les premiers-nés et
les mieux venus de cet art de Montmartre, qui a depuis
sévi, non sans éclat, sur la raison française. Art de
cénacles tumultueux, où le talent abonde, sans parvenir, que par exception, à sa maturité, faute de
recueillement, de sincérité, et de mécontentement de
soi. Toutes ces fureurs romantiques sentent plus la
Bohême que la Révolution. En assourdissant le peuple
de déclamations anarchiques, elles contribuent à le
maintenir dans l'inertie, plus sûrement encore que les
artistes patentés de la bourgeoisie. L'indigence poétique du père Dumas montre à découvert la plati-
tude de ce mélodrame, mis tout nu, déshabillé de son
lyrisme. — Je crois fermement que le drame romantique est un des plus dangereux ennemis du théâtre
populaire que nous cherchons à fonder en France. Il
a poussé des rejetons innombrables, divisés en deux
branches : les drames issus de Hugo, et la postérité de

Dumas père. Ceux-ci, race de mélos criards, de gueux à panaches, d'aventuriers hâbleurs, se sont abattus sur les théâtres des faubourgs comme une nuée de sauterelles, et ont fait le désert partout où ils ont passé. Ceux-là, moins bons garçons, avec d'orgueilleuses visées, se sont installés dans les théâtres dits des poètes, où ils ont travaillé assidûment à corrompre le goût de la bourgeoisie : ils n'y ont pas manqué. Succès facile. Le public bourgeois n'est capable de juger que d'un art réaliste moyen, étayé sur le bon sens et sur l'observation à dose modérée. Il est dépaysé dans la poésie, et ne saurait distinguer la fausse de la vraie. Il y a même quelque chance pour que la caricature lui plaise davantage, justement parce que les traits en sont plus accusés. Quand il fut amené par les exigences du snobisme à la nécessité de sembler comprendre cette langue qui lui était étrangère, il alla droit aux charlatans et il en fut la dupe. La critique, qui devait l'en défendre, abdiqua en masse, par lâcheté devant la mode, par indifférence, par dilettantisme, par manque de foi dans la raison; l'absurde eut tout le loisir de s'étaler au théâtre, où il ne manqua point d'illustres interprètes. On peut dire qu'une de ces interprètes eut même l'influence décisive, non seulement sur le succès, mais sur la formation de cet art; et c'est son nom, — le nom de Sarah Bernhardt, — qui convient le mieux à caractériser ce néo-romantisme byzantinisé, — ou américanisé, — raidi, figé, sans jeunesse, sans vigueur, surchargé d'ornements, de bijoux vrais ou faux, morne sous son fracas, blafard dans son éclat.

Dans ces dernières années, M. Rostand a ramené délibérément le théâtre au romantisme de Hugo et de

Dumas père, en le rajeunissant par une pointe d'argot à la mode. Mais ce poète brillant et funambulesque, ce gavroche du romantisme, — malgré ses retentissants essais dramatiques, ou plutôt à cause d'eux, — n'est qu'un auteur comique qui se fourvoie dans le drame. L'auteur du Prince Long-Nez et de son escorte de d'Artagnans, du clown Flambeau dit Flambard, de l'incroyable Metternich, commissaire et diable de Guignol, — amusant de verve, de calembours, de gasconnades poétiques, d'intarissable faconde, — n'a jusqu'ici touché aux sentiments tragiques que pour montrer qu'ils étaient pour lui une terre inconnue. Il y a suppléé par l'éloquente flatterie des sentiments de la populace : le chauvinisme fanfaron de *l'Aiglon*, ou la dévotion demi-mondaine de *la Samaritaine*. Il a réussi. Le succès, pour certains, répond à tout. Je veux croire que lui-même a de l'art de plus nobles mesures. Qu'il prenne donc garde. Le succès l'a séparé de la vie. Il ne la voit plus qu'à travers une rhétorique vide. — Je regrette de l'attaquer. Il est une force ; et toute force, fût-ce une force verbale, ou d'images, ou de gaieté, est digne de sympathie : nous n'en manquons pas pour lui. Mais puisqu'il ne met pas cette force au service de la vérité, nous le combattons comme un danger public. — Il n'est pas donné à tout le monde d'être un danger public ! — Combien de poètes pensent avoir bien mérité de la patrie, parce qu'ils ont chanté l'héroïsme, le dévouement, le sacrifice ! Mais si l'on n'y a cru que des lèvres, et non du cœur, — si l'on n'y a vu que des mots qui sonnent allègrement, et non de sérieuses et difficiles réalités, — si l'on y a cherché son succès personnel et non le bien des autres, — on a avili l'héroïsme, le dévouement et le sacrifice, on ne

37

les a point servis. Les virtuoses du sentiment, qui s'écoutent chanter, et chantent pour l'applaudissement, sont funestes, car ils habituent les âmes au mensonge intérieur.

C'est une thèse à la mode, — mise en circulation, je crois, par M. Jules Lemaitre, — qu'il faut encourager le snobisme du public; car il est, à son insu, l'allié de toutes les pensées nouvelles, auxquelles il apporte son argent et son crédit mondain. Il se peut que cette dédaigneuse indulgence soit à sa place dans la société actuelle. Nous n'en avons que faire, quand il s'agit du peuple. Un peuple peut se passer de beauté; il ne doit pas se passer de vérité. Nous ne lui demandons pas de respecter et d'admirer ce qu'il ne comprend pas : cela sert à former un peuple de-fonctionnaires pliés au despotisme. Nous lui demandons de ne rien admettre qu'il ne comprenne, de ne rien admirer qu'il ne sente. Qu'importe qu'il soit injuste d'abord pour quelques grandes œuvres? Il est plus près d'elles en les niant, que les snobs en les applaudissant; et il garde intacte en lui la source de vérité, d'où sort toute grandeur. Je serais tranquille sur l'avenir d'un tel peuple. Bien doué, comme est le nôtre, et sincère, — si on le décharge seulement de l'excès de labeur qui l'écrase, si on lui donne des loisirs pour penser, — il n'est rien à quoi il ne parvienne. — Mais le mensonge de pensée et de sentiment que dégage presque toute notre poésie d'aujourd'hui, l'infecterait pour jamais.

## IV

Notre siècle a vu le développement d'un autre genre dramatique, qui eut une immense fortune dans le monde entier : le Drame bourgeois. Issu de la comédie larmoyante du dix-huitième siècle, ce genre répondait à une transformation profonde de la société : l'élévation d'une classe au pouvoir. Il a dû son succès légitime, — toutes antipathies personnelles mises à part, — à ce qu'il représentait la vie intime de cette classe victorieuse, ses problèmes et ses inquiétudes. Il était bien que l'art se fit l'interprète de la vie contemporaine. — Par malheur, la bourgeoisie du dix-neuvième siècle, bien différente en cela de celles du seizième et du dix-septième, est beaucoup plus occupée de questions pratiques que de questions désintéressées, et surtout artistiques : on le sent désagréablement dans le théâtre qui la reflète. Ses porte-parole, Augier et Dumas fils, ne se sont guère appliqués à peindre des caractères, comme Molière, ou des conditions, comme le voulait Diderot, à représenter les tragédies privées et les douleurs domestiques ; et quand ils l'ont fait, ç'a été sans éclat. Ce qui prime tout chez eux, c'est quelques problèmes de morale domestique et sociale, posés et non résolus par la société nouvelle. Il est naturel que de telles œuvres aient passionné leur époque ;

mais il est naturel aussi que ces œuvres passent avec leur époque, si elles valent par la thèse et non par la vie ; car il suffit d'une réforme sociale pour rendre le sujet indifférent. Ce genre de théâtre est utile à la société, au perfectionnement de laquelle il contribue ; il peut même être utile au public, qu'il fait penser. Mais il faut qu'il se renouvelle constamment. Puisqu'il est l'interprète d'un monde mouvant et en continuelle évolution, puisqu'il se fait l'auxiliaire et le conseiller des jurisconsultes et des législateurs, puisqu'il s'attaque à des plaies causées par les vices de l'organisation actuelle, et qu'un pansement peut apaiser, — presque tous ses sujets se démodent tous les vingt ou trente ans ; il en est peu qui aient un fond éternel ; et s'il en est un ou deux, je ne vois pas qu'un génie les ait traités de façon éternelle. C'est un art essentiellement de transition ; sa force d'aujourd'hui fait sa faiblesse de demain ; et si notre théâtre du peuple s'ouvrait à lui maintenant, il lui faudrait un répertoire nouveau. Car qu'est-ce que le peuple a à faire de problèmes bourgeois, restreints au monde bourgeois ? Il faudrait, en conservant le genre, le renouveler aussitôt, l'adapter aux conditions nouvelles.

J'ajoute que si le genre précédent : le drame poétique, manquait de bon sens et de vérité, celui-ci est par trop dénué de poésie. Il est borné, terre à terre, et pas plus que la comédie, n'offre un aliment assez généreux, — si substantiel soit-il, — à une nation qui doit fournir une étape dure et dangereuse, et qui a besoin que toutes ses puissances soient exaltées. — Dans ces dernières années, quelques grandes tentatives ont été faites chez nous, — sans parler de l'étranger, — pour ouvrir le théâtre bourgeois au peuple et à la poésie à la fois. Mais bien qu'on y voie poindre les problèmes et les âmes populaires, elles portent pour la plupart la marque de l'esprit le moins populaire et le plus aristocratique qui soit. *Le Repas du Lion* en est le plus illustre exemple.

Je ne parle pas de la Comédie moderne. Elle ne manque pas de talent. Mais subtile et fade, sentimentale et corrompue, elle sent son public : une bourgeoisie oisive et dégénérée, qui n'a plus la force ni d'aimer, ni de haïr, ni de juger, ni de vouloir quoi que ce soit. Elle flotte indécise entre les berquinades et la pornographie, et parfois unit les deux en un mélange écœurant et niais. Ce théâtre n'a jamais représenté la nation. Il est une insulte à la nation. Je me souviens de l'indignation et du mépris que j'éprouvai, quand, venant à Paris pour la première fois, je découvris l'art des boulevards parisiens. L'indignation, je ne l'ai plus ; mais le mépris m'est resté. Un tel théâtre nous déshonore par sa renommée même. Il est la maison de débauche de l'Europe. Qu'il continue de pourrir, s'il lui plaît, sa clientèle cosmopolite : c'est affaire à elle ; cette basse élite peut se défendre ; et s'il lui plaît de s'avilir, laissons-la faire : il n'y a pas grand mal. Je serais presque tenté de dire à ses artistes, comme Timon à Phryné et à Timandra : « Soyez toujours... ce que vous êtes. Achevez de perdre ceux qui veulent être perdus. » — Mais ne touchez point au peuple. N'essayez pas de salir les sources de la vie. Quand on voit, aux lectures populaires, quel public ingénu, sincère, ouvert à toutes les impressions, est ce peuple resté jeune malgré les flétrissures et les misères, on songe au mot de l'Évangile : « Quiconque scandalisera l'un de ces petits... »

Au reste, j'ai la conviction que dans un théâtre vraiment ouvert à tous, où hommes, femmes et enfants seraient assemblés en famille, le public saurait faire sa police lui-même et imposer à la scène le respect de ce qui veut le respect. L'instinct de la conservation est une force trop puissante : un peuple sain ne se laisse pas détruire de gaieté de cœur, comme quelques poignées d'inutiles.

## V

Reste le répertoire étranger. De très grands hommes,
les plus grands de l'art dramatique : Sophocle, Shakespeare, Lope, Calderon, Schiller, ont été populaires,
au moins dans certaines œuvres. Mais c'est un grand
malheur que la différence des temps et des races.
Malgré la majesté d'un Sophocle, malgré la sérénité
mélancolique de l'art grec, malgré l'intolérance de ses
admirateurs, j'ose dire que dans le succès récent
d'*Œdipe Roi*, il entre beaucoup de dilettantisme érudit,
beaucoup de respect superstitieux, surtout beaucoup
d'admiration pour le prestige personnel d'un acteur de
génie. Sans le nom de Sophocle, sans l'émotion puissante, mais presque toute plastique, du jeu de Mounet-
Sully, sans l'impression matérielle d'une musique,
d'ailleurs médiocre, ni le peuple, ni la bourgeoisie,
n'eussent été capables de distinguer, parmi la foule des
mélodrames passés, la sublime grandeur d'*Œdipe Roi*,
et d'y trouver plaisir.

Encore, malgré la distance qui nous sépare des
croyances morales et religieuses des Grecs, sommes-
nous moins loin de Sophocle, que, — je ne dirai pas de
Lope et de Calderon : leurs drames sanglants, leurs
héros de proie, leurs gentilshommes assassins, ne
seront pleinement acceptés chez nous que quand les

43

combats de taureaux e: les boucheries du cirque y
seront rétablis par un retour de barbarie, toujours
possible, mais que du moins nous ne favoriserons
point; — nous sommes moins loin encore de Sophocle
que de Shakespeare. Tout nous sépare de Shakespeare : le temps et la race à la fois. Rien ne nous fait
plus sentir l'infirmité de notre esprit à pénétrer pleinement et sans préparation la forme d'un siècle passé. Ce
style qui, dans son temps, était un voile transparent,
exactement modelé aux souples lignes de la pensée,
nous en sépare aujourd'hui, comme un rideau opaque
et bariolé, dont les étranges dessins et les couleurs
éclatantes nous brouillent et brûlent les yeux. Assis-
tant, une fois, à une lecture populaire de *Macbeth* par
Maurice Bouchor, je tâchais de m'oublier moi-même,
d'être peuple, comme ceux qui m'entouraient; et j'avais
un sentiment de gêne, en quelque sorte de honte, à
entendre certaines métaphores, dont la grandeur
archaïque prenait *dans ce milieu* un caractère d'emphase obscure et de prétention presque insupportable.
Faut-il donc dévêtir Shakespeare de la grâce précieuse
et sauvage de son style? Tâche sacrilège, périlleuse,
pénible à ceux qui l'aiment. Mais cela ne suffirait même
point à sauvegarder l'intégrité du reste. Il faudrait
trancher, rogner, limer, dans les caractères et dans
l'action, pour les mettre au point d'un public populaire.
Les Anglais eux-mêmes ne s'en font pas faute, — ni les
Allemands, avec leurs prétentions à l'exactitude, et ces
illustres traductions « presque aussi belles que l'original », — une phrase qui en dit long sur leur façon de
sentir Shakespeare! — A plus forte raison, devrions-
nous, en France, nous résigner à ces profanations. Sans

44

doute, le peuple est, encore ici, plus près que le public actuel de certains côtés de l'œuvre de Shakespeare, de ses instincts et de ses actes tumultueux et violents ; mais combien plus loin encore de la pensée profonde aux mille replis ! (1) — Il est misérable d'ajuster un grand homme à la mesure de la multitude.

On serait contraint aussi de mutiler les grands lyriques allemands du commencement du siècle. Parmi les drames populaires de cette période, je mentionnerai *le Prince de Homburg* de Henri de Kleist, et le *Guillaume Tell* de Schiller. L'œuvre de Kleist est poignante, grandiose, et soulève encore aujourd'hui l'enthousiasme des foules allemandes ; mais c'est une apothéose de la monarchie prussienne ; nous aurions quelque gêne à y prendre part ; et cette pièce doit avoir surtout pour nous la valeur d'un type presque unique de drame patriotique, au sens élevé du mot, sans vil chauvinisme, sans flatterie des bas instincts de la multitude. — Quant à l'admirable *Guillaume Tell*, où circule un sang puis-

(1) Maurice Pottecher a pourtant fait la tentative intéressante de donner intégralement *Macbeth* à son *Théâtre du Peuple* de Bussang, en 1902 et 1903. Mais si je crois avec lui que cette représentation populaire de Shakespeare se rapprochait plus que toute autre, en France, des conditions mêmes où Shakespeare donna son œuvre, il m'est impossible de croire que l'œuvre ait été réellement comprise par le peuple de Bussang. Au reste, Pottecher lui-même convient que la plupart des beautés de Shakespeare échappent au public populaire. « Les beautés dont nous nous étonnions surtout, cette profondeur psychologique du génie, cette vue de l'instinct, servie par l'intelligence, qui démêle et fond à nouveau, dans la conscience de l'ambitieux, le courage physique, la lâcheté morale, la ruse et la folie, associés pour le meurtre, ces mots d'une simplicité et d'un raccourci sublime, oui, tout cela échappe à la plus grande partie des spectateurs, sensibles seulement à la brutalité des faits et à la violence du mélodrame. » *(Le Théâtre du Peuple. — Revue des Deux Mondes*, premier juillet 1903) Ajoutons-y surtout la difficulté de comprendre l'esprit d'un autre âge et d'une autre race.

sant et lourd, où règne l'honnête génie de la bourgeoisie
héroïque de la Révolution, c'est une pièce excellemment
populaire dans les pays allemands. J'en ai eu la preuve,
à diverses reprises, par les représentations d'Altorf :
les rôles y sont tenus par la bourgeoisie et le peuple
du canton ; le public tout entier concourt au spectacle,
participe à l'action, fait écho aux paroles de liberté.
Je croirais volontiers que l'art populaire n'a pas créé
de plus grande figure que celle de Tell, hercule allemand, athlète rêveur, aux résolutions lentes, à l'énorme
force silencieuse, où dorment les pensées et les émotions comme en un lac majestueux, dont les vents ont
peine à rider la pesante masse, mais qui, une fois
soulevé, est pareil à la mer. — Mais ce qu'il y a dans
l'œuvre d'essentiellement germanique, le flegme, la
froideur dissertante, la sentimentalité, la naïveté
romanesque, n'échapperait pas sans doute aux ciseaux
de nos arrangeurs. Et que resterait-il de la pièce ? —
Quant aux autres drames de Schiller, je vois mal leur
emploi sur une scène française.

Plus près de nous, quelques hommes ont tâché d'écrire
directement pour le peuple : en Autriche, Raimund,
Anzengruber ; en Russie, Tolstoy et Gorki ; Hauptmann
en Allemagne. (1) Mais de ceux-ci, des œuvres comme *les
Tisserands* ou *la Puissance des Ténèbres*, sont de longs
cris de misère, ou de lugubres récits, dont la menace et

(1) Nous ne parlons pas d'Ibsen, qui, malgré de beaux poèmes
populaires, comme *Terje Vigen*, est le plus aristocratique des penseurs, et dont *l'Ennemi du peuple* n'a pu devenir... l'ami du peuple,
que par la plus ironique des méprises et l'aveuglement de l'esprit
de parti.
On nous dit qu'un autre grand poète aristocrate, Gabriele
d'Annunzio, travaille, en ce moment même, à une pièce populaire.

le désespoir semblent plutôt faits pour réveiller la conscience des riches, que pour soutenir ou distraire de
pauvres gens, déjà trop accablés par la vie. Tout au
plus s'adressent-ils à une poignée d'entre eux, à l'élite
révolutionnaire, aux chefs de la future révolte; mais il
serait presque absurde de penser que ces spectacles de
deuil écrasant pussent rester au répertoire d'un peuple
sorti de l'esclavage. Ce sont des cauchemars qu'on
doit souhaiter qu'il rejette de lui, le plus tôt possible,
avec horreur. — Quant à Anzengruber, (1) il semble
qu'il ait eu conscience du théâtre populaire, et qu'il en
ait donné quelques types assez heureux. Une partie de
ses œuvres serait même d'actualité en France, par leur
constante protestation contre l'esprit clérical; mais elles
sont, dans l'ensemble, trop fidèlement adaptées au
goût de la petite bourgeoisie viennoise; et Anzengruber manquait du génie nécessaire pour dégager
des observations locales le caractère universel. Il
nous est du moins un exemple intéressant d'un théâtre
moyen, parlant au peuple sans flatterie et sans dédain,
et lui présentant avec clarté le spectacle de sa propre
vie.

Enfin se présente à nous, au terme du siècle qui vient
de finir, le nom grandiose du tout-puissant Wagner.
Cet homme qui fut le plus souverain créateur en
musique, depuis Beethoven, l'a été aussi peut-être dans
le drame poétique, depuis Schiller et Goethe. Il a tracé
d'impérissables figures; il a créé des héros populaires,
familiers et surhumains, comme ceux des antiques épo-

(1) Voir sur Anzengruber d'intéressants articles de M. Auguste
Ehrhard, parus dans la *Revue d'art dramatique* (juillet-août 1897).

pées : Brunnhilde, Siegmund, Siegfried. Il a, du premier coup, donné le modèle du théâtre populaire dans son éblouissante fresque des *Maîtres Chanteurs*, débordante de force, d'humour, de couleur et de mouvement. Un peuple y grouille avec une joie tumultueuse ; et le rayonnement de ces innombrables âmes semble se concentrer dans la bonhomie héroïque du vieux Hans Sachs, conscience profonde et sereine du peuple. Malheureusement, la cause du théâtre de Wagner est indissolublement liée à celle de la musique, et nous avons évité jusqu'à présent de l'introduire dans nos recherches pour constituer un répertoire populaire français ; car elle les complique singulièrement, et, je crois, sans profit pour l'instant. L'éducation musicale du peuple commence à peine en France ; il faudra des années encore, avant qu'elle soit suffisante ; et d'ici là, il est inutile de penser au drame lyrique wagnérien, — en admettant que cette forme d'art allemand ait quelques chances de s'acclimater tout à fait chez nous. En tout cas, s'il nous faut de la musique, donnons d'abord au peuple les méditations viriles et les bienfaisantes douleurs du plus héroïque des hommes. Que Beethoven passe avant Wagner. (1) — Le théâtre de Wagner est empoisonné, malgré sa grandeur, de rêves malsains qui sentent le milieu où il est né, l'aristocratie d'art décadente, arrivée à la fin de son évolution, et presque de sa vie. Quel profit le peuple pourrait-il tirer des complications maladives de cette sensibilité, de la métaphysique du Walhalla, du Désir de Tristan

---

(1) A plus forte raison, avant Meyerbeer et Adolphe Adam, chers aux *Trente ans de Théâtre* de M. Bernheim.

qui souffle la mort, et des tourments mystico-charnels des chevaliers du Graal? Cela est sorti d'une élite infectée de subtilités néo-chrétiennes, ou néo-bouddhiques, de songes peut-être fascinants, mais mortels pour l'action, et qui ont poussé, comme poussent de superbes mousses sur des arbres pourris. Au nom du ciel, ne donnons point au peuple nos maladies, — quelque complaisance que nous trouvions à les cultiver en nous. Tâchons de faire une race plus saine, et qui vaille mieux que nous.

## VI

IL N'EXISTE DANS LE PASSÉ QU'UN RÉPERTOIRE DE LEC-
TURES POPULAIRES, NON DE THÉATRE POPULAIRE. —
LES LECTURES NE SUFFISENT POINT. LE THÉATRE EST
NÉCESSAIRE.

Nous sommes arrivés au terme de cette course à travers le passé. Que nous reste-t-il dans les mains de
toutes ses richesses? Une poignée d'œuvres, dont pas
une ne demeure entière. Un répertoire de lectures populaires; mais de théâtre, point.

Pourquoi ne pas nous résigner, pourquoi ne pas nous
en tenir, comme fit Maurice Bouchor, et tant d'autres
à sa suite, (1) au système des lectures abrégées, avec
conférences, résumés des scènes omises, et conclusions
morales? — En premier lieu, parce que, — nous le
disons franchement, — ce n'est pas seulement le bien du
peuple que nous avons en vue, c'est le bien de l'art,
c'est la grandeur de l'esprit humain. Entre toutes ses
créations, qui seules donnent son prix à la vie, nous
avons une admiration sans bornes pour le théâtre, son
œuvre : statue de l'homme, sculptée par l'homme dans
sa propre pensée, image brûlante de l'univers, univers
lui-même plus grand que le premier. Le genre faux des

---

(1) Il ne faut pas oublier le nom de Dickens, qui, par l'intérêt
et le succès extraordinaire de ses lectures publiques, dès 1853 à Bir-
mingham, mais surtout de 1858 à 1870, en Angleterre et en Amérique,
fut en quelque sorte le génial précurseur de ce mouvement.

lectures dramatiques donne des transpositions aussi pâles du théâtre, que les reproductions de tableaux dans les journaux illustrés, ou les transcriptions de symphonies d'orchestre au piano. C'est, il est vrai, ce qu'on nomme populariser, ou vulgariser l'art. Mais si vulgariser est l'équivalent de rendre vulgaire, nous combattons cette démocratisation de la beauté. Nous voulons ranimer l'art exsangue, élargir sa maigre poitrine, faire rentrer en lui la force et la santé du peuple. Nous ne mettons pas la gloire de l'esprit humain au service du peuple ; nous appelons le peuple, comme nous, au service de cette gloire.

Mais nous croyons aussi servir plus utilement le peuple par le théâtre que par les lectures. Les lectures, quel que soit le charme du lecteur, sont encore une forme de l'éducation primaire ou secondaire ; elles interposent des professeurs entre l'art et le public ; elles sont malgré tout dissertantes et prédicantes. C'est bien là le dessein de ceux qui les font. Ils veulent initier graduellement le peuple aux belles choses ; et ils prétendent de plus, avec des scrupules excessifs, lui donner le meilleur du théâtre sans les dangers du théâtre, sans le cabotinage et ses étranges attractions sur la foule. — Or il me semble, d'abord, qu'ils ne font que substituer un cabotinage à un cabotinage : à celui des acteurs, celui des diseurs, bourgeois et bourgeoises désireux d'étaler devant un auditoire complaisant leurs talents d'agrément, leurs monologues, leurs romances, et leurs morceaux de piano. Je ne sais si ce cabotinage vaut mieux ; mais il est certainement plus maladroit, à peu d'exceptions près. Et quant aux précautions pour mettre l'art à la portée du peuple, j'ai été témoin parfois de l'irritation qu'elles causent à certains auditeurs. Il y a des explications qui humilient : on n'y prend pas assez garde. Rien ne fait plus souffrir un homme du peuple que d'être traité en enfant, ou de le croire, que de sentir chez le lecteur bourgeois une condescendance protectrice à se mettre à son niveau. (1) C'est le défaut ordinaire de ces lectures. L'esprit de l'auditoire y est comme un enfant qu'on habitue à marcher. Au théâtre, on le laisse aller seul, et faire ses premiers pas : il n'est rien de si efficace. Le théâtre est un exemple vivant, contagieux, irrésistible. Il est enveloppé de gloire. C'est un champ de bataille, où les âmes sont lancées en pleine action, à la suite des héros, aspirant à leur ressembler. Seule l'éloquence de la tribune peut produire de tels effets ; les lectures ne le peuvent point. Elles parlent aux sens à travers un écran ; elles s'adressent à l'intelligence ; elles ont peur de la vie physique. Sotte timidité. Il faut veiller au contraire à enrichir l'énergie physique du peuple, cette précieuse force matérielle, support de toute notre civilisation. La supériorité du théâtre est de prendre hardiment les instincts, et de les sculpter dans le vif. — Certes il est bon de tâcher de perfectionner l'homme, malgré sa nature, par l'effort de sa raison. Mais il est mieux de faire appel directement à la nature ; car l'homme vraiment grand est celui qui est grand par nature, comme sans y songer, avec un généreux et puissant abandon.

---

(1) Pour des raisons semblables, j'ai vu des auditoires populaires honteux et blessés de s'entendre lire les contes de Perrault, que l'on imagine maladroitement devoir convenir au peuple, parce qu'ils en sont sortis, — tandis qu'ils ne sont plus aujourd'hui qu'un jeu pour des sceptiques.

Nous reconnaissons l'utilité transitoire des lectures populaires. Elles font en ce moment une active propagande artistique. Ces petits concerts morcelés, ces tranches de déclamation et de musique sont peut-être nécessaires pour ménager la paresse de l'esprit populaire, déshabitué d'un grand effort par l'abrutissement des cafés-concerts. Prenons-les donc pour ce qu'elles sont : une œuvre d'éducation, une annexe des cours du soir, faite pour préparer le terrain à l'art véritable ; mais ne confondons pas celui-ci avec elles. Ce sont des baraquements provisoires, élevés hâtivement, en attendant que l'édifice soit construit. N'allons pas nous contenter de ces masures de bois, et prendre pour la cathédrale la petite demeure du maître de l'œuvre, au pied de la cathédrale.

## L'ŒUVRE DES TRENTE ANS DE THÉÂTRE
### ET LES GALAS POPULAIRES

Cette cathédrale, l'*Œuvre des Trente ans de Théâtre* a prétendu l'édifier en quelques semaines avec les ruines incohérentes du passé.

Il faut distinguer dans l'*Œuvre des Trente ans de Théâtre* l'œuvre de bienfaisance de l'œuvre de théâtre. De la première il n'y a que des éloges à faire. « C'était originairement une caisse de secours supplémentaire, destinée à venir en aide, directement et immédiatement, non seulement aux auteurs et aux artistes, qui ont leurs sociétés régulièrement constituées, mais à tous les gens de théâtre, auteurs, artistes, critiques, machinistes, décorateurs, etc., qui, après trente ans de travail et de lutte se trouveraient sans ressources, et aussi à ceux que la maladie ou la disparition d'un des leurs laisse dans le besoin. » (1) Rien de mieux, et il est extraordinaire que les Parisiens aient attendu si longtemps pour venir en aide à ceux qui, après les avoir amusés toute leur vie, tombaient ensuite dans la misère. L'initiative d'une telle mesure honore M. Adrien Bernheim, et l'on ne peut que rendre hommage à l'activité qu'il

---

(1) Adrien Bernheim. — *Trente ans de Théâtre.* 1903.

a mise au service de cette cause ; l'homme qui agit, même quand il se trompe, a toujours une supériorité sur ceux qui se contentent de parler, fût-ce admirablement.

Mais il ne s'agit pas ici de la caisse de retraites des comédiens français ; il s'agit du théâtre populaire, que les promoteurs de l'*Œuvre* prétendent avoir fondé.

L'*Œuvre des Trente ans de Théâtre*, dont le comité tint sa première séance le 3o décembre 1901, débuta en mai 1902 par cinq représentations aux théâtres de Montparnasse, de Grenelle, des Gobelins, de Saint-Denis, et au Concert Européen de la rue Biot. C'étaient des spectacles coupés, où il y avait de tout : du classique, du romantique, de l'opérette, de la chansonnette, dc la danse, mademoiselle Moreno, Fugère, les sœurs Mante, Paulette Darty, Polin, sans parler des conférenciers, dont nos divertissements à la mode ne sauraient plus se passer. En octobre 1902, commencèrent les représentations classiques, avec le concours des théâtres subventionnés et surtout de la Comédie française. Vingt-cinq *galas populaires* furent donnés dans la première saison, d'octobre à juin. On joua *Horace* à la salle Wagram, *Andromaque* et *Tartuffe* à Ba-ta-clan, le *Misanthrope* à Belleville, aux Bouffes du Nord, au théâtre Maguéra, au théâtre Trianon, *le Malade imaginaire* à la salle Huyghens, *l'Arlésienne* à la salle Humbert de Romans, etc. On donnait aussi des danses, des fragments d'opéras et d'opéras-comiques, et les inévitables conférences. Les noms de tous les auteurs ou compositeurs vivants étaient systématiquement écartés du programme. Selon la formule de M. Larroumet, qui se fit le patron de l'Œuvre, « le grand répertoire allait chercher le peuple chez lui, dans les faubourgs, de temps à autre ». (1)

Voyons comment. Nous avons déjà dit ce qu'il fallait penser des représentations d'*Andromaque* et de *Tartuffe*. Je prendrai comme type, cette fois, le *vingtième gala populaire,* donné au théâtre Trianon, le jeudi 2 avril 1903.

Le tarif des places était le suivant :

```
Orchestre. . . . . . . . . . . Francs    3  »
Balcon. . . . . . . . . . . . . . . . .  2 50
Première galerie . . . . . . . . . .     2  »
Banquettes . . . . . . . . . . . .       1  »
```

Et je ne prétends pas que ces prix soient exagérés ; mais je rappelle, en passant, que les dernières places, au Théâtre Français, sont à 1 franc, et qu'à l'Odéon, elles sont à 0 franc 50, au tarif ordinaire. Que si l'on prend pour terme de comparaison le tarif des prix réduits à l'Odéon, on trouve même qu'il est moins élevé, l'orchestre étant à 2 francs 50, — le balcon, — deuxième

---

(1) C'était déjà là une idée de M. Camille de Sainte-Croix. Dans quelques articles de *la Petite République,* parus en 1887, il proposait que l'on fit jouer les troupes des théâtres subventionnés sur les scènes des faubourgs parisiens ; — un examen plus approfondi de cette idée lui en démontra d'ailleurs l'insuffisance, et il chercha, depuis, à réaliser un projet plus complètement populaire. — La même année, en 1887, M. Ritt, directeur de l'Opéra, présentait au ministre Fallières un projet de théâtre populaire, où il recourait aux troupes et aux répertoires des quatre théâtres subventionnés, délégués plusieurs jours par semaine, et des deux grands concerts symphoniques. Mais il voulait un théâtre fixe, et un personnel de choristes, figurants et musiciens d'orchestre, attachés au théâtre. — Cette idée fut développée en 1902, à la Chambre, par M. Couyba, rapporteur des Beaux-Arts.

et troisième rangs, — à 2 francs, et les galeries à 1 franc 50, 1 franc 25, 0 franc 75 et 0 franc 50. (1)

D'après le plan du théâtre Trianon, que j'ai sous les yeux, il y avait environ 350 places à 3 francs, 180 à 2 francs 50, 190 à 2 francs, et 100 à 1 franc. Au total, environ 530 places au-dessus de 2 francs, et une centaine au-dessous. Ce ne sont pas là, il me semble, des prix bien populaires. Je ne parle pas de l'extrême inégalité des places, si blessante dans un théâtre du peuple, dont la première condition doit ètre le mélange des classes.

A ces prix venait encore s'ajouter un droit de vestiaire de 0 franc 10 par canne ou parapluie, et de 0 franc 25 par manteau, ce qui, pour une famille de trois personnes, faisait une dépense supplémentaire de plus d'un franc. Cette taxe ne mettait même pas le spectateur à l'abri des exigences des ouvreuses, qui réclamaient avec leur habituelle énergie leur petit profit. Si tout cela est populaire, j'en suis heureux pour le peuple : car c'est la preuve qu'il est fort à son aise.

(1) Tarif des prix réduits à l'Odéon :

| | |
|---|---|
| Avant-scéne de première . . . . . Francs | 6 » |
| Baignoires d'avant-scène. . . . . . . . . . | 5 » |
| Premières loges de face. . . . . . . . . . | 3 » |
| Fauteuils d'orchestre . . . . . . . . . . . | 2 50 |
| Balcon, premier rang. . . . . . . . . . . | 2 50 |
| — deuxième et troisième rangs . . . | 2 » |
| Premières loges de côté. . . . . . . . . . | 2 » |
| Baignoires. . . . . . . . . . . . . . . . | 2 » |
| Première galerie de face . . . . . . . . . | 2 » |
| Deuxièmes loges de face . . . . . . . . | 1 50 |
| Avant-scène des secondes. . . . . . . . | 1 50 |
| Parterre. . . . . . . . . . . . . . . . . | 1 25 |
| Deuxièmes loges de côté . . . . . . . . | 1 25 |
| Deuxièmes et troisièmes balcons. . . . . | 0 75 |
| Avant-scène de deuxième galerie. . . . . | 1 » |
| Deuxième galerie. . . . . . . . . . . . | 0 50 |
| Amphithéâtre. . . . . . . . . . . . . . | 0 50 |

En fait, ce n'était pas le peuple qui remplissait la jolie salle du *Trianon :* c'était un public bourgeois, dont l'élégance eût fait envie à l'Odéon. On me dira qu'il est souvent difficile de distinguer à son costume un ouvrier parisien d'un bourgeois. Je le veux bien; mais il m'est difficile de croire qu'un ouvrier se mette, le soir, en redingote et en chapeau haut de forme, pour aller au théâtre; or cet uniforme de la bourgeoisie se voyait de l'orchestre aux galeries, et jusqu'aux dernières places. Fait caractéristique d'ailleurs : les places à 3 francs et à 2 francs 5o étaient remplies ; les places à 1 franc étaient presque vides.

Messieurs et dames se lorgnent avec leurs jumelles en attendant le lever du rideau, qui tarde, comme il convient. La conférence obligée commence vers 9 heures; le spectacle, vers 9 heures et demie ; il est coupé de deux longs entr'actes, et se termine à minuit moins le quart. — Rien de plus populaire, comme on voit, et de mieux combiné en vue du travail du lendemain.

Après la conférence d'un monsieur en habit noir, et le couplet de règle en l'honneur du cardinal de Richelieu et de la Compagnie, — je veux dire de M. Adrien Bernheim et de son *Œuvre,* — la Comédie française joua *le Misanthrope.* Le choix de cette pièce pour une représentation populaire m'avait particulièrement attiré. *Le Misanthrope* est, pour ainsi dire, *le Canard sauvage* de Molière, l'œuvre pessimiste et ironique, où le grand homme, las de sa lutte contre le monde, après avoir satirisé les autres, se déchire lui-même de ses propres railleries. J'eusse été fort curieux de voir l'effet d'une telle œuvre sur le peuple; mais de peuple, point. A son défaut, j'observai « l'aristocratie » du quartier. Elle écouta avec une grande attention, avec intelligence, même avec intérêt, mais sans beaucoup de plaisir. Au reste, j'eus l'impression très nette que le public se surveillait et ne montrait pas le fond de sa pensée. Il me semblait, vis-à-vis de Molière et de la Comédie française, dans la situation de petites gens bien élevées, qui reçoivent la visite d'hôtes qui leur sont supérieurs par la situation sociale, ou l'illustration du nom. Ils sont reconnaissants et flattés de l'attention. Ils s'appliquent à les recevoir poliment, se gardent bien de dire s'ils s'ennuient, et applaudissent comme il faut, après que leurs hôtes ont parlé. Mais il ne faudrait pas, je crois, recommencer l'épreuve trop souvent. Et mon impression est ici d'accord avec l'expérience d'un des directeurs des théâtres des faubourgs, M. Larochelle fils, qui disait à M. Bernheim : « Molière et Racine ne réussiront dans nos quartiers, que s'ils sont joués par la Comédie française, et encore pas trop souvent. Croyez-moi. Gardez-vous bien de multiplier ces représentations classiques. Une par saison, dans chaque quartier, c'est-à-dire deux par année, et nous serons largement satisfaits. » (1) Mais deux représentations par an font-elles un Théâtre du Peuple ? Et si ces représentations sont telles que celle que je viens de décrire, sont-ce même là des représentations populaires ?

La représentation de *Bérénice* au même théâtre Trianon, — vingt-cinquième *gala populaire*, 17 juin 1903, — est peut-être encore plus caractéristique. Presque toutes les places, — *toutes* les places de fauteuils et de loges, sans exception, — étaient louées plusieurs jours à l'avance ; et

(1) *Le Temps*, 12 février 1903.

le public était moins populaire encore, s'il est possible,
qu'à la soirée du *Misanthrope*. Nombre de spectateurs
en habit, aux fauteuils et aux loges; et pas un ouvrier.
— Cela n'empêcha point le conférencier, M. Auguste
Dorchain, de s'adresser à son auditoire distingué,
comme à une assemblée de rudes travailleurs, qui ont
peiné tout le jour sur leur dure tâche. Et cela n'empêcha point l'auditoire distingué, — dames élégantes et
messieurs en habit, — de prendre le compliment pour
eux, et de l'applaudir, ravis. — Qui trompe-t-on ici ?

Dans de telles conditions, il est clair que les organisateurs de l'*Œuvre des Trente ans de Théâtre* pouvaient
risquer sans inquiétude le paradoxe étrange de donner
en « gala populaire » l'œuvre la plus aristocratique de
Racine, une pièce qui semble écrite pour l'éducation des
princes, et que les souverains de l'Europe actuelle, — en
Saxe, en Serbie, ou ailleurs, — ne feraient assurément
pas mal de faire jouer devant leurs fils, — « Pour mes fils,
quand ils auront vingt ans », — ou même de méditer pour
leur propre compte, — mais dont le peuple n'a rien à
faire. — Il faut ajouter qu'on avait pris soin de dorer la
pilule, en enveloppant la tragédie entre deux larges
tranches de chansons niaises ou égrillardes, et que le
triomphateur de la soirée fut, — avec madame Bartet,
— M. Polin. (1)

(1) Programme de la soirée :
 1. Chansons de madame Anna Thibaud et de M. Cooper.
 2. *Bérénice*, de Racine, par la Comédie française.
 3. Chansons, par M. Polin.
On remarquera que je ne parle que des représentations littéraires. Des représentations musicales, j'aurais trop à dire. Au
moins la Comédie française et l'Odéon, auxquels s'adresse l'*Œuvre
des Trente ans de Théâtre*, ont-ils un répertoire de chefs-d'œuvre.
Mais le répertoire musical de nos théâtres subventionnés est

Assurément toutes les représentations ne sont pas du
type de celles de *Trianon*. Le spectacle du 18 février
1903 à la salle Huyghens, par exemple, où la Comédie
française jouait *le Malade imaginaire*, était à des prix
plus réduits, et la composition du public était différente.
Il y avait aux petites places du vrai peuple, et beaucoup. Toutefois le plus grand nombre des places était
occupé par la petite bourgeoisie. Et je veux bien que
celle-ci ne soit pas moins intéressante que celui-là,
comme l'assure M. Nozière. (1) Encore faudrait-il que
ce public prétendu populaire ne fût pas exactement et
uniquement le même que celui qui suivait déjà les
représentations de l'Odéon et du Théâtre Français :
autrement, où serait le progrès ? — Or, j'ai été très
frappé par les conversations que j'entendais, à ces
galas populaires. A la salle Huyghens, après *le
Malade imaginaire*, on comparait le jeu de Coquelin,
ce soir-là, à son jeu habituel, dans le même rôle, au
Théâtre Français. A la salle Trianon, mes voisins
étaient mieux renseignés encore : ils avaient vu Silvain
dans ses différents rôles, et savaient depuis combien
d'années Dehelly était à la Comédie française. Il est
évident qu'il n'y aurait pas urgence à élever des
théâtres du peuple, si le public en devait être composé
de gens de cette espèce. — Notez qu'il ne s'agit pas des
spectateurs des premiers rangs, mais de places
moyennes.

encombré d'œuvres prétentieuses et niaises : et ce sont précisément
celles-là dont on fait choix pour le peuple ; ce sont des opéras de
Meyerbeer, des opéras-comiques d'Adam, etc., c'est-à-dire des
œuvres sans conscience, sans sincérité et sans style. Il y a de quoi
tuer pour jamais l'esprit musical, déjà si faible, de notre peuple.
  (1) *Le Temps*, 23 février 1903.

IV

Mais admettons que, public et représentations, tout soit populaire, comme il doit être. Combien avez-vous donné de représentations ? Que prouvent ces quelques essais ? Vous vous hâtez trop de triompher. Souvenez-vous des Universités populaires. On y a chanté victoire. Maintenant la plupart sont vides. Vous ne savez pas observer le peuple. Pourvu qu'il vous applaudisse, vous ne lui en demandez pas plus, et vous ne vous inquiétez pas de ce qu'il pense. Le peuple est respectueux, et il vous fait crédit ; mais ni ce crédit, ni son respect ne sont indestructibles. Il vous épie, et il vous juge. Il y a trois ans, aux lectures des Universités populaires, où je me mêlais parfois au public alors très nombreux, je disais aux organisateurs : « Prenez garde. Ils s'ennuient. » On me répondait : « Ils applaudissent. » On eût presque ajouté : « Qu'ils s'ennuient, pourvu qu'ils applaudissent ! » A présent, ils ne viennent plus. Et je le répète aujourd'nui : « Prenez garde. Ils applaudissent ; mais ils se sont ennuyés. Ils sont venus pour voir. Quand ils seront venus deux fois, trois fois, dix fois, et qu'ils auront bien vu ce que sont vos classiques, votre poignée de classiques, ils ne reviendront plus. » — Je ferais de même. — Je fais de même. Certes j'admire les grands classiques, et du meilleur de mon esprit. Mais qu'ont-ils à faire avec ma vie présente, mes soucis, mes rêves, mon combat journalier ? Comme disait tout à l'heure M. Faguet, « admirable et intéressant sont deux choses extrêmement différentes ». Cette différence, les partisans sincères des antiques ne la nient pas ; mais bravement, ils disent qu'après tout l'intérêt n'est pas essentiel à l'œuvre d'art. « Je dirais, écrit

Maurice Pottecher, qu'on peut aller jusqu'à éprouver un peu d'ennui d'une belle œuvre, sans cesser de la tenir pour admirable et d'en sentir la perfection. L'enthousiasme suscité par Eschyle, par Aristophane, par Dante, par Shakespeare, n'a presque rien à voir avec le plaisir sentimental que nous procure une œuvre capable de nous attendrir et de nous divertir jusqu'aux larmes, dans le moment que nous l'écoutons. A ce compte, un vaudeville réussi ou un bon mélodrame serait donc supérieur aux *Guêpes* ou à *Hamlet ?* » (1) -- Hélas ! il a du moins sur ces chefs-d'œuvre l'inappréciable avantage d'être aujourd'hui VIVANT. Nulle beauté, nulle grandeur, ne saurait tenir lieu de la jeunesse et de la vie. Au lieu de dédaigner la vie et de la laisser livrée à d'indignes artistes, tâchez d'aller à elle ; mais n'espérez pas l'attirer vers ces sommets lointains, où s'élèvent, à l'abri du présent, au-dessus de l'action, les beaux temples du passé. Osons le dire : votre art désintéressé est un art de vieillards. Il est bien, il est naturel que nous aspirions pour la fin de notre vie, quand nous aurons accompli notre tâche et pris largement notre part de l'action commune, à l'art désintéressé, à la sérénité de Goethe, à la pure beauté. C'est l'idéal suprême et le terme du voyage. Mais je plains l'homme, ou le peuple, qui y arriverait trop tôt, sans l'avoir mérité. Il ne la sentirait pas, et cette sérénité ne serait chez lui que l'apathie de la mort. La vie, c'est le renouveau constant, c'est la lutte. Mieux vaut cette lutte avec toutes ses souffrances, que votre belle mort.

(1) *Revue d'art dramatique,* 15 mars 1903.

## le théâtre du passé

J'entends parler d'un théâtre du peuple, qui n'ait
point de parti, qui soit « illimité comme la vie », éternel, universel. Ce sont de nobles rêves. Les générations futures les réaliseront, si elles peuvent, à la fin des
siècles. Pour le moment, tâchons de mettre l'éternité
dans chaque minute présente, et de vivre avec le siècle.
L'art ne peut s'abstraire des souffrances et des désirs
de son temps. Le théâtre du peuple doit partager le
pain du peuple, ses inquiétudes, ses espérances et ses
batailles. Il faut être franc. Le théâtre du peuple sera
aujourd'hui social, ou il ne sera pas. Vous protestez
que le théâtre ne doit pas se mêler de politique, et
vous êtes les premiers, — je l'ai montré à propos de
*Tartuffe*, — à introduire sournoisement la politique dans
vos représentations classiques, afin de tâcher d'y intéresser le peuple. Osez donc avouer que la politique
dont vous ne voulez pas, c'est celle qui vous combat.
Vous avez senti que le théâtre du peuple allait s'élever
contre vous, et vous vous hâtez de prendre les devants,
afin de l'élever pour vous, afin d'offrir au peuple votre
théâtre bourgeois, que vous baptisez : peuple. Gardez-
le : nous n'en voulons pas. « *Le nouveau est venu ;
l'ancien a passé.* »

# LE THÉATRE NOUVEAU

## DEUXIÈME PARTIE

# LE THÉATRE NOUVEAU

## I

Les premiers qui semblent avoir eu l'intuition d'un art dramatique nouveau pour la société nouvelle, d'un Théâtre du Peuple pour le Peuple souverain, sont certains des grands précurseurs de la Révolution, les philosophes du dix-huitième siècle, ces souffles orageux qui semaient à tous les coins du monde les germes de vie nouvelle : surtout Rousseau et Diderot; — Rousseau, constamment préoccupé de l'éducation de la nation, — Diderot, toujours avide d'enrichir la vie, de centupler ses puissances, d'unir les hommes en une ivresse joyeuse et fraternelle.

Rousseau, dans son admirable *Lettre sur les spectacles*, (1) si sincère, si profonde, où l'on a affecté de voir un paradoxe, pour avoir le droit de ne pas tenir compte de ses rudes leçons, — Rousseau, après

---

(1) *Lettre à d'Alembert*, 1758.

avoir analysé le théâtre et la civilisation de son temps, avec l'impitoyable clairvoyance d'un Tolstoy, ne conclut pourtant pas contre le théâtre en général, et il envisage la possibilité d'une régénération de l'art dramatique, en lui donnant un caractère national et populaire, à l'exemple des Grecs :

Je ne vois qu'un remède,

dit-il,

à tant d'inconvénients, c'est que nous composions nous-mêmes les drames de notre théâtre, et que nous ayons des auteurs avant des comédiens. Car il n'est pas bon qu'on nous montre toutes sortes d'imitations, mais seulement celles des choses honnêtes et qui conviennent à des hommes libres. Il est sûr que des pièces tirées, comme celles des Grecs, des malheurs passés de la patrie ou des défauts présents du peuple, pourraient offrir aux spectateurs des leçons utiles... Les spectacles des Grecs n'avaient rien de la mesquinerie de ceux d'aujourd'hui. Leurs théâtres n'étaient point élevés par l'intérêt et par l'avarice; ils n'étaient point renfermés dans d'obscures prisons; leurs acteurs n'avaient pas besoin de mettre à contribution les spectateurs, ni de compter du coin de l'œil les gens qu'ils voyaient passer la porte, pour être sûrs de leur souper. Ces graves et superbes spectacles, donnés sous le ciel, à la face de toute une nation, n'offraient de toutes parts que des combats, des victoires, des prix, des objets capables d'inspirer une ardente émulation et d'échauffer les cœurs de sentiments d'honneur et de gloire... Ces grands tableaux instruisaient le peuple sans cesse.

Rousseau avait une autre idée, bien plus originale et plus démocratique que ce Théâtre du Peuple : celle des Fêtes du Peuple. J'y reviendrai tout à l'heure.

A la même époque, le grand Diderot, le plus libre des génies du dix-huitième siècle, et le plus fécond peut-être, moins soucieux que Rousseau des fins éduca-

trices du théâtre, et bien plus de ses fins esthétiques,
disait dans son *Paradoxe sur le comédien :* « La vraie
tragédie est encore à trouver. » Et il ajoutait dans son
*Deuxième entretien sur le Fils naturel :*

> Il n'y a plus, à proprement parler, de spectacles publics...
> Les théâtres anciens recevaient jusqu'à 80.000 citoyens...
> Jugez de la force d'un grand concours de spectateurs, par
> ce que vous savez vous-même de l'action des hommes les
> uns sur les autres, et de la communication des passions
> dans les émeutes populaires. 40 à 50.000 hommes ne se
> contiennent pas par décence... Celui qui ne sent pas aug-
> menter sa sensation par le grand nombre de ceux qui la
> partagent, a quelque vice secret; il y a dans son caractère je
> ne sais quoi de solitaire qui me déplaît. — Mais si le concours
> d'un grand nombre d'hommes devait ajouter à l'émotion du
> spectateur, quelle influence ne devait-il point avoir sur les
> auteurs, sur les acteurs? Quelle différence entre amuser tel
> jour, depuis telle jusqu'à telle heure, dans un petit endroit
> obscur, quelques centaines de personnes; ou fixer l'atten-
> tion d'une nation entière dans ses jours solennels! (1)

Et, esquissant avec la puissance habituelle de son
intuition quelques-unes des révolutions artistiques que
produirait la fondation de ce théâtre nouveau, Diderot
écrivait ces lignes, où il devançait non seulement l'art
de son temps, mais aussi l'art de notre temps :

> Je ne demanderais, pour changer la face du genre dra-
> matique, qu'un théâtre très étendu, où l'on montrât, quand
> le sujet d'une pièce l'exigeait, une grande place avec les
> édifices adjacents, tels que le péristyle d'un palais, l'entrée
> d'un temple, différents endroits distribués de manière que
> le spectateur vît toute l'action, et qu'il y en eût une partie
> cachée pour les acteurs. Telle fut ou put être autrefois

---

(1) *Deuxième entretien sur le Fils naturel, Dorval et moi,* 1757.

la scène des Euménides d'Eschyle. Exécuterons-nous rien de pareil sur nos théâtres ? *On n'y peut jamais montrer qu'une action, tandis que dans la nature il y en a presque toujours de simultanées, dont les représentations concomitantes, se fortifiant réciproquement, produiraient sur nous des effets terribles...* Nous attendons l'homme de génie qui sache combiner la pantomime avec le discours, entremêler une scène parlée avec une scène muette, et tirer parti de la réunion des deux scènes, et surtout de l'approche, ou terrible ou comique, de cette réunion qui se ferait toujours...

La géniale pensée de Diderot trouva un écho passionné chez les Shakespeariens allemands de la *Sturm und Drangperiode*, chez Gerstenberg, chez Herder, chez Goethe adolescent. (1)

A son tour, l'original Louis-Sébastien Mercier, nourri de Shakespeare et des Allemands, disciple de Diderot, et « singe de Jean-Jacques », ainsi qu'on l'appelait, fondit ensemble leurs tendances diverses ; et il réclama en termes formels, dans son *Nouvel essai sur l'Art dramatique*, (1773) et surtout dans son *Nouvel examen de la Tragédie française*, (1778) la création d'un théâtre populaire, inspiré du peuple, et destiné au peuple. Il rappelait le lointain modèle des Mystères du Moyen-Age ; et, mêlant aux conceptions esthétiques de Diderot et des Shakespeariens les préoccupations morales de Rousseau, il voulait « un théâtre aussi

---

(1) Herder, définissant Shakespeare en 1773, et le donnant comme idéal dramatique, montrait que ses pièces n'étaient pas des actions au sens grec, mais au sens du Moyen-Age ; et il disait : « Une mer d'événements, où les vagues se succèdent en mugissant, voilà son théâtre. Les actes de la nature vont et viennent, réagissant les uns sur les autres, quelque disparates qu'ils semblent, s'engendrent mutuellement et se détruisent afin de réaliser l'intention du Créateur. »

étendu que celui de l'univers », mais qui fût aussi « un tableau moral » ; car le premier devoir du poète dramatique était, disait-il, « d'influer sur les mœurs de ses concitoyens ». Prêchant d'exemple, il écrivit des drames historiques, politiques et sociaux : *Jean Hennuyer, évêque de Lisieux*, où il montrait un apôtre de la tolérance, à l'époque de la Saint-Barthélemy ; *la mort de Louis XI, roi de France* ; *la Destruction de la Ligue* ; *Philippe II, roi d'Espagne* (1785).

A la suite de Mercier, d'autres écrivains français reprirent l'idée d'un théâtre national, c'est-à-dire s'adressant à toute la nation. Bernardin de Saint-Pierre, dans sa *Treizième Étude de la Nature*, appelle de ses vœux un Shakespeare national, qui présenterait au peuple assemblé les grandes scènes de la patrie ; et il lui propose d'avance le sujet de *Jeanne d'Arc*.

Je voudrais,

dit-il, après avoir tracé d'une façon rapide et déclamatoire la scène de Jeanne d'Arc sur le bûcher,

je voudrais que ce sujet, traité par un homme de génie, à la manière de Shakespeare, qui ne l'eût certainement pas manqué, si Jeanne d'Arc eût été anglaise, produisît une pièce patriotique, que cette illustre bergère devînt parmi nous la patronne de la guerre, comme sainte Geneviève l'est de la paix ; que son drame fût réservé pour les circonstances périlleuses où l'État peut se rencontrer ; qu'on en donnât alors la représentation au peuple, comme on montre à celui de Constantinople, en pareil cas, l'étendard de Mahomet ; et je ne doute pas qu'à la vue de son innocence, de ses services, de ses malheurs, de la cruauté de ses ennemis, et de l'horreur de son supplice, notre peuple, hors de lui, ne s'écriât : « La guerre, la guerre contre les Anglais ! »

Marie-Joseph Chénier dédie en 1789 son *Charles IX
ou l'École des Rois* : « à la Nation Française ».

Français, mes concitoyens, acceptez l'hommage de cette
tragédie patriotique. Je dédie l'ouvrage d'un homme libre
à une Nation devenue libre... Votre scène doit changer avec
tout le reste. Un théâtre de femmelettes et d'esclaves n'est
plus fait pour des hommes et pour des citoyens. Une
chose manquait à vos excellents poètes dramatiques : ce
n'était pas du génie ; ce n'étaient pas des sujets ; c'était un
auditoire.
(15 décembre 1789)

Il dit encore :

Le théâtre est un moyen d'instruction publique... Sans
les gens de lettres, la France serait en ce moment au point
où se trouve encore l'Espagne... Nous touchons à l'époque
la plus importante qui marque jusqu'à ce jour l'histoire de
la nation française ; et la destinée de vingt-cinq millions
d'hommes va se décider... A des arts esclaves succèdent
des arts libres ; le théâtre, si longtemps efféminé et adula-
teur, n'inspirera que le respect des lois, l'amour de la
liberté, la haine du fanatisme, et l'exécration des
tyrans. (1)

L'action de Mercier s'exerçait plus directement
encore en Allemagne, sur Schiller, qui le lut avidement, le traduisit et s'en inspira. Il est remarquable
que Mercier ait indiqué à Schiller, — dans son *Nouvel
Essai,* — le sujet de *Guillaume Tell,* comme Rousseau
lui avait indiqué le sujet de *Fiesque.* Et Mercier lui
inspira encore, très probablement, certaines scènes de
son *Don Carlos.* (2) On ne doit pas oublier les liens

---

(1) *Discours de la liberté du théâtre,* 15 juin 1789.
(2) Voir Albert Kontz. — *Les drames de la jeunesse de Schiller.*
Leroux. 1899.

qui rattachaient à la jeune pensée révolutionnaire de la France celui que la Convention fit citoyen français, — celui qui fut, en quelque sorte, le plus grand poète de la Révolution, comme Beethoven en fut le plus grand musicien, — l'auteur des *Brigands* (1781-2), écrits *In tyrannos* (contre les tyrans), — de *Fiesque*, « tragédie républicaine » (1783-4), — de *Don Carlos* (1785), où il avait voulu représenter, dit-il, « l'esprit de liberté en lutte avec le despotisme, les chaînes de la sottise brisées, les préjugés de mille années de date ébranlés ; une nation qui réclame les droits de l'homme ; les vertus républicaines mises en pratique... »; (1) — le sublime poète de l'*Ode à la Joie* (1785), ivre de liberté, d'héroïsme et d'amour fraternel. (2)

\*\*\*

« Le théâtre, avait dit Mercier, est le moyen le plus actif et le plus prompt d'armer invinciblement les forces de la raison humaine, et de jeter tout à coup sur un peuple une grande masse de lumière. »

---

(1) *Huitième lettre sur Don Carlos*, 1788.
(2) Goethe resta beaucoup plus éloigné de l'esprit révolutionnaire, bien qu'on en puisse trouver un instant l'influence dans son *Egmont* (1788), qui meurt en disant : « Peuple, défends tes biens ! Pour sauver ce que tu as de plus cher, tombe avec joie, comme je t'en donne ici l'exemple. » — Mais l'homme qui aimait mieux l'injustice que le désordre, et qui parodia la Révolution dans *le Citoyen général* (1793) et *les Exaltés* (1793), était évidemment peu fait pour concevoir un art du peuple.
Et pourtant, à la fin de sa vie, ces idées pénétrent même en lui. On en trouve quelques traces dans ses conversations avec Eckermann. « Un grand poète dramatique, qui est fécond, et qui anime toutes ses œuvres d'une noble pensée, peut arriver à faire de l'âme de ses œuvres l'âme du peuple. Cela mériterait bien la peine d'être

v

## le théâtre nouveau

Ainsi pensa la Révolution. Elle reprit les deux idées de Rousseau, d'un théâtre éducateur, et de Fêtes nationales. Des fêtes, je parlerai plus loin. L'idée d'un théâtre du peuple ne fut pas le monopole d'un parti. Les noms les plus opposés et parfois les plus ennemis sont associés dans le puissant effort qui fut alors tenté pour fonder un art dramatique populaire. Mirabeau, Talleyrand, Lakanal, David, Marie-Joseph Chénier, Danton, Boissy d'Anglas, Barère, Carnot, Saint-Just, Robespierre, Billaud-Varennes, Prieur, Lindet, Collot d'Herbois, Couthon, Payan, Fourcade, Bouquier, Florian, et bien d'autres, défendirent cette cause par leur parole, leurs écrits, et leurs actes. On trouvera à la suite de cette étude le texte des principaux décrets du comité de Salut public, de la commission d'Instruction publique, et de la Convention, relatifs au théâtre et aux fêtes populaires. J'en donnerai ici un bref résumé :

Dans le rapport du 11 juillet 1793, pour la fête du 10 août, David proposa qu'au Champ de Mars, après la cérémonie, qui devait être elle-même le vrai spectacle, on construisît « un vaste théâtre, où seraient

---

tenté... Un poète dramatique qui connaît sa vraie destinée, doit travailler sans cesse à se développer en s'élevant, afin que l'influence qu'il exerce sur le peuple soit bienfaisante et noble. » (Premier avril 1827)

Il faut noter en passant dans certains écrits de Goethe, en particulier dans *Wilhelm Meister* (II, 3 et suivants), de courtes descriptions de représentations populaires. Dans un pays de montagnes (Hochdorf), les ouvriers d'une fabrique ont converti une grange en salle de spectacle, et ils y jouent une comédie pleine d'action, mais sans caractères : Deux rivaux dérobent une jeune fille à son tuteur, et se la disputent entre eux. — Un peu plus loin, on voit une sorte de représentation populaire improvisée en plein air : un dialogue entre un mineur et un paysan.

représentés, par des pantomimes, les principaux événements de notre Révolution ». — En fait, on donna un simulacre du bombardement de la ville de Lille, pour lequel on avait construit une forteresse au bord de la Seine.

Mais, dès le 2 août 1793, le comité de Salut public, « désirant former de plus en plus chez les Français le caractère et les sentiments républicains », proposait une « loi de règlement sur les spectacles », qui fut adoptée par la Convention, après un discours de Couthon. La Convention décrétait que, du 4 août au premier septembre, — c'est-à-dire pendant l'époque où les fêtes du 10 août attireraient à Paris un grand nombre de provinciaux, — les théâtres désignés par la municipalité représenteraient trois fois par semaine des « tragédies républicaines, telles que *Brutus, Guillaume Tell, Caïus Gracchus...* Il serait donné, une fois la semaine, une de ces représentations aux frais de la République ». (1)

En novembre 93, à la suite du célèbre discours de Marie-Joseph Chénier sur les fêtes populaires, que j'aurai occasion de citer dans un chapitre suivant, Fabre d'Églantine fit adopter l'idée de créer des *théâtres nationaux* pour compléter l'ensemble de ces fêtes. — Une Commission spéciale de six membres fut choisie à cet effet dans le Comité ; elle était composée de Romme, David, Fourcroi, Mathieu, Bouquier et Cloots. — Le 11 frimaire an II, — premier décembre 93, — Bouquier, dans son

---

(1) La première de ces représentations populaires fut donnée le 6 août au Théâtre de la République. On jouait *Brutus.* L'affiche portait : *De par et pour le Peuple.*

*plan général d'Instruction publique*, — section IV, intitulée : *du dernier degré d'instruction*, — proposait :

ARTICLE PREMIER. — Les théâtres... les fêtes... font partie du second degré d'instruction publique.

ARTICLE 2. — Pour les faciliter,... la Convention déclare que les églises et les maisons ci-devant curiales, actuellement abandonnées, appartiennent aux Communes.

Le 4 pluviôse an II, — 23 janvier 94, — la Convention, présidée par Vadier, répartissait cent mille livres aux vingt théâtres de Paris qui,

en conformité du décret du 2 août, avaient donné chacun quatre représentations pour et par le peuple.

Le 12 pluviôse, — 31 janvier 94, — le comité de Sûreté générale recommandait aux directeurs des différents spectacles de Paris

de faire de leurs théâtres une école de mœurs et de décence,... mêlant aux pièces patriotiques... des pièces où les vertus privées soient représentées dans leur éclat.

Boissy d'Anglas, dans un écrit adressé le 25 pluviôse, — 13 février, — à la Convention et au comité d'Instruction, (1) demandait

que l'on consacrât les jeux de la scène à acquitter la reconnaissance du peuple, en évoquant par leur prestige les grands hommes perdus, en retraçant avec toute leur pompe les grandes actions nationales qui devront vivre dans la postérité... En considérant le théâtre (continuait-il)

---

(1) *Quelques idées sur les arts, sur la nécessité de les encourager, sur les institutions qui peuvent en assurer le perfectionnement et sur divers établissements nécessaires à l'enseignement public, adressées à la Convention nationale et au Comité d'instruction publique, par Boissy d'Anglas, député du département de l'Ardèche.*

comme l'un des établissements les plus propres à perfectionner l'organisation sociale, et à rendre les hommes plus
vertueux et plus éclairés, vous ne consentirez pas qu'il soit
uniquement l'objet de spéculations financières, mais vous
en ferez aussi une entreprise nationale... Que ce soit là l'un
des principaux objets de votre magnificence publique...
Ainsi vous agrandirez encore la carrière où l'esprit
humain peut s'élever à une plus grande hauteur... Ainsi
vous offrirez au peuple une source toujours renaissante
d'instruction et de plaisirs. Ainsi vous formerez à votre gré
le caractère national.

Toutes ces idées d'un théâtre éducateur de la nation
aboutirent le 20 ventôse an II, — 10 mars 1794, — à un
arrêté du comité de Salut public, qui est la véritable
charte de fondation du Théâtre du Peuple.

Le comité, composé ce jour-là de Saint-Just, Couthon, Carnot, Barère, Prieur, Lindet et Collot d'Herbois, décida *que l'ancien Théâtre-Français « serait
uniquement consacré aux représentations données de
par et pour le peuple, à certaines époques de chaque
mois. L'édifice serait orné en dehors de l'inscription
suivante :* THÉÂTRE DU PEUPLE. *Les sociétés d'artistes
établies dans les divers théâtres de Paris seraient mises
tour à tour en réquisition pour les représentations qui
devaient être données trois fois par décade. Le répertoire des pièces à jouer sur le Théâtre du Peuple serait
demandé à chaque théâtre de Paris et soumis à l'approbation du Comité. Les municipalités des communes
étaient chargées d'organiser, sur les bases de cet arrêté,
des spectacles civiques donnés au peuple gratuitement
chaque décade ».*

Cette affectation de l'ancien Théâtre-Français aux
spectacles populaires n'était que provisoire, dans la

77

pensée du comité de Salut public. L'esprit des créateurs du Théâtre du Peuple trouvait avec raison de graves inconvénients, pour ne pas dire une impossibilité absolue, à fonder d'une façon durable un art dramatique nouveau dans un bâtiment ancien, dont les dispositions matérielles, les habitudes, la clientèle, sont un obstacle insurmontable au libre développement de l'art. Ils voulaient trouver pour ce théâtre nouveau des formes architectoniques nouvelles.

Le 5 floréal an II, — 24 avril 1794, — le comité de Salut public « appela les artistes de la République à concourir à transformer en arènes couvertes le local qui servait au théâtre de l'Opéra, — Porte-Saint-Martin actuelle, — pour y célébrer les triomphes de la République et les fêtes nationales »; et, le 25 floréal, — 14 mai, — Robespierre, Billaud, Prieur, Barère et Collot, signaient un arrêté pour convertir la place de la Révolution, — Concorde, — « en un cirque, ayant accès de toutes parts, et devant servir aux fêtes nationales ».

Ce n'était pas tout d'avoir fondé le Théâtre du Peuple; il fallait lui assurer un répertoire. Le comité, composé de Robespierre, Couthon, Carnot, Billaud, Lindet, Prieur, Barère et Collot, fit appel aux poètes le 27 floréal, — 16 mai 1794, — pour « célébrer les principaux événements de la Révolution, et composer des pièces dramatiques républicaines ». Mais les occupations du Comité étaient trop multiples, sa lutte avec la contre-révolution et avec les rois trop absorbante et trop terrible, pour qu'il pût suivre d'une façon attentive « la régénération de l'art dramatique ». Il chargea de cette tâche difficile la commission de l'Instruction publique, par arrêté du 18 prairial, — 6 juin 1794.

La Commission, dont l'énergique et intelligent Joseph Payan était l'âme, s'en acquitta vigoureusement. Elle publia le 5 messidor, — 23 juin 1794, — sous le titre *Spectacles*, une circulaire adressée aux directeurs et entrepreneurs de spectacles, autorités municipales, auteurs dramatiques, etc. Dans cet écrit, d'un style incorrect et déclamatoire, mais brûlant de vie et de généreuses ambitions, Payan déclarait la guerre, non seulement aux spéculations malpropres des auteurs et des directeurs, à l'immoralité scandaleuse et lucrative des théâtres, mais à l'esprit arriéré qui y régnait encore, à l'inertie et aux conventions serviles de l'art. « *Les théâtres sont encore encombrés des débris du dernier régime, de faibles copies de nos grands maîtres, où l'art et le goût n'ont rien à gagner, d'intérêts qui ne nous regardent plus, de mœurs qui ne sont pas les nôtres. Il faut déblayer ce chaos...* Il faut dégager la scène, afin que la raison y revienne parler le langage de la liberté, jeter des fleurs sur la tombe de ses martyrs, chanter l'héroïsme et la vertu, faire aimer les lois et la patrie. » La Commission faisait appel au concours de tous les hommes éclairés : artistes, directeurs, écrivains patriotes. « Calculez avec nous la force morale des spectacles. Il s'agit d'élever une école publique où le goût et la vertu soient également respectés. » Il ne s'agissait pas là, comme on a dit, de sacrifier l'art aux préoccupations politiques. Tout au contraire, Payan, au nom de la Commission, protesta avec mépris contre les mutilations infligées par les Hébertistes au texte de certaines pièces, et il en rétablit l'expression intégrale, disant que « les premières lois qu'il faut respecter dans un drame sont celles du goût et du bon sens ». La gran-

79

deur de sa conception de l'art populaire s'affirme d'une façon éclatante dans un arrêté du 11 messidor an II, — 29 juin 1794, — où il frappe impitoyablement, non les pièces antirépublicaines *mais les pièces républicaines* sur la Fête à l'Être Suprême, qui dégradaient le sujet par leur médiocrité. Je renvoie aux documents cités plus loin, pour lire dans leur entier ces pages hautaines, qui loin d'attirer la mode au service de l'art républicain, la rejettent avec dégoût :

Il est une foule d'auteurs alertes à guetter l'ordre du jour; ils connaissent le costume et les couleurs de la saison : ils savent à point nommé quand il faut affubler le bonnet rouge, et quand le quitter. Leur génie a fait un siège, emporté une ville, avant que nos braves républicains aient ouvert la tranchée... De là la corruption du goût, l'avilissement de l'art ; tandis que le génie médite et jette en bronze, la médiocrité, tapie sous l'égide de la liberté, ravit en son nom le triomphe d'un moment, et cueille sans effort les fleurs d'un succès éphémère... Observons aux jeunes littérateurs que la route de l'immortalité est pénible ; que, pour offrir au peuple français des ouvrages impérissables comme sa gloire, il faut se défier d'une fécondité stérile, d'un succès non acheté, qui tue le talent, où le génie se dissipe en quelques étincelles fugitives parmi une nuit de fumée ; que ces fruits précoces et hâtifs dont le mérite se calcule d'après la recette, avilissent l'œuvre et l'ouvrier. C'est avec peine que la Commission se voit forcée de marquer ses premiers pas dans le sentier du goût et du vrai beau par des leçons sévères ; mais, idolâtre des arts, dont la régénération lui est confiée,... elle est comptable aux lettres, à la nation, à elle-même, du poète,... de l'historien,... du génie, dont elle n'aura pas fécondé, dirigé les élans. Que le jeune auteur ose donc mesurer d'un pas hardi toute l'étendue de la carrière,... qu'il fuie partout la pensée facile et battue de la médiocrité. L'écrivain qui n'offre, au lieu de leçons, que des redites ; au lieu d'intérêt, que des pantomimes; au lieu de tableaux, que des caricatures, est inutile aux lettres, aux mœurs, à l'État; et Platon l'eût chassé de sa République...

La hauteur superbe d'un tel langage montre à quelles nobles mains était alors confiée la direction de l'art. Malheureusement, le temps manqua à ces hommes; Payan ne put même pas écrire le travail qu'il annonçait, dans son arrêté du 29 juin, sur la régénération du théâtre. Il fut balayé le 10 thermidor, — 28 juillet, — dans l'ouragan qui emporta, avec Robespierre et Saint-Just, le génie de la Révolution. — Il est affligeant d'ajouter qu'à la grandeur des chefs répondait bien mal la médiocrité des artistes, surtout des écrivains; — car la peinture eut du moins un David; la musique, un Méhul, un Lesueur, un Gossec, un Cherubini, — la Marseillaise. — Cette médiocrité consternait le Comité, et inspira d'âpres paroles à Robespierre et à Saint-Just. « Les hommes de lettres en général, dit Robespierre dans son discours du 18 floréal an II, — 7 mai 94, — se sont déshonorés dans cette Révolution, et, à la honte éternelle de l'esprit, la raison du peuple en a fait seule tous les frais. » De 1793 date, comme l'ont montré Eugène Maron (1) et Eugène Despois, (2) le développement extraordinaire du vaudeville! (3)

Pour moi, je le comprends. Tout l'héroïsme de la

(1) *Histoire littéraire de la Convention.*
(2) *Le Vandalisme révolutionnaire.*
(3) D'après un écrit du trop illustre Hervé, l'auteur de *Chilpéric* et de *l'Œil crevé*, la création de l'opérette daterait même de 1792, et le premier exemple connu en serait *le Petit Orphée*, représenté le 13 juin 1792, sur le théâtre des Variétés; les auteurs en étaient Rouhier-Deschamps pour le poème, Deshayes pour la musique, et Beaupré-Riché pour le ballet. — Voir *le Temps*, 30 mai 1903 : Adolphe Brisson, *Promenades et visites.*

nation s'était jeté dans la mêlée, aux assemblées et aux armées. Qui aurait eu le dilettantisme d'écrire, quand les autres se battaient? Il ne restait dans l'art que les lâches. — Mais quelle tristesse de penser que cette sublime tempête s'est dissipée, sans avoir laissé de traces dans aucune œuvre qui traverse les siècles!

**\* \***

Après cinquante ans, un homme en retrouva l'écho. Michelet, qui ne nous transmit pas seulement le récit de ces temps héroïques, mais leur âme même, parce qu'elle était en lui; Michelet, qui écrivit l'histoire de la Révolution comme un homme de la Révolution qui l'a vraiment vécue, reprit d'instinct la tradition révolutionnaire d'un Théâtre du Peuple. Il l'exprima avec sa généreuse éloquence, dans ses leçons aux étudiants :

Tous ensemble, mettez-vous simplement à marcher devant le peuple. Donnez-lui l'enseignement souverain, qui fut toute l'éducation des glorieuses cités antiques : un théâtre vraiment du peuple. Et sur ce théâtre, montrez-lui sa propre légende, ses actes, ce qu'il a fait. Nourrissez le peuple du peuple... Le théâtre est le plus puissant moyen de l'éducation, du rapprochement des hommes; c'est le meilleur espoir peut-être de rénovation nationale. Je parle d'un théâtre immensément populaire, d'un théâtre répondant à la pensée du peuple, qui circulerait dans les moindres villages... Ah! que je voie donc, avant de mourir, la fraternité nationale recommencer au théâtre!... un théâtre simple et fort, que l'on joue dans les villages, où l'énergie du talent, la puissance créatrice du cœur, la jeune imagination des populations toutes neuves, nous dispensent de tant de moyens matériels, décorations prestigieuses, somptueux costumes, sans lesquels les faibles dramaturges de ce temps usé ne peuvent plus faire un pas.

...Qu'est-ce que le théâtre? L'abdication de la personne actuelle, égoïste, intéressée, pour prendre un rôle meilleur. Ah! que nous en avons besoin !... Venez, je vous prie, venez reprendre votre âme au théâtre populaire, votre âme au milieu du peuple ! (1)

Et Michelet indiquait pour le futur théâtre de la Nation quelques sujets tirés de l'épopée nationale : *Jeanne d'Arc, la Tour d'Auvergne, Austerlitz*, et surtout *les Miracles de la Révolution*.

C'est de la main de Michelet que l'idéal artistique de la Révolution et des penseurs du dix-huitième siècle est parvenu jusqu'à ceux d'entre nous qui, en France, ont entrepris de fonder le Théâtre du Peuple.

L'étranger nous avait devancés. En 1839, un théâtre populaire, le *Volkstheater*, était inauguré à Vienne, avec une pièce d'Anzengruber : *la Tache sur l'honneur*. En 1894, le *Schiller Theater* était ouvert à Berlin par M. Loewenfeld. Un an après, il avait 6.000 abonnés. Une troupe d'une trentaine d'artistes y jouait le répertoire ancien et moderne : de Calderon et de Shakespeare jusqu'à Ibsen, à Dumas fils, et aux contemporains français et allemands; et la situation en fut si prospère qu'on créa à Berlin un second théâtre Schiller. (2)

A Bruxelles, la section d'art de la *Maison du Peuple*, qui, depuis 1892, donnait des soirées littéraires et musicales, s'unissait en 1897 avec le *Toekomst*, — l'Avenir, — cercle choral et dramatique flamand, fondé dès 1883, et organisait des représentations dans la belle salle des

___

(1) Michelet. — *L'Étudiant* (cours de 1847-1848), *passim*.
(2) Voir sur le *Schiller Theater*, l'article de Jean Vignaud : *Un théâtre populaire à Berlin. — Revue d'art dramatique*, 5 octobre 1899, — et les articles d'Adrien Bernheim dans *le Temps* (1902).

fêtes de la Maison du Peuple, où 3.000 personnes peuvent prendre place. (1) On y jouait *les Tisserands* d'Hauptmann, *la Puissance des Ténèbres* de Tolstoy, *l'Ennemi du Peuple*, et *Solness le constructeur* d'Ibsen. *Au delà des forces humaines* de Bjœrnson, *les Aubes* de Verhaeren, *Philaster* de Beaumont et Fletcher, traduit par G. Eekhoud, etc. — A Gand, le *Vooruit* donnait des concerts de musique classique, et organisait, en 1897, une représentation du *Tannhäuser*, le jour du mardi gras, pour réagir contre les orgies du carnaval.

En Suisse, la tradition des grands spectacles populaires n'avait jamais été perdue, et elle était reprise avec plus d'éclat dans ces dernières années. (2)

En France, le premier qui osa réaliser le Théâtre du Peuple, fut Maurice Pottecher. Le 22 septembre 1892, pour le centième anniversaire de la fondation de la République, il eut l'idée de donner dans sa petite ville des Vosges, à Bussang, une représentation du *Médecin malgré lui*, traduit dans le patois de la Haute-Moselle. Le succès fut grand. Trois ans après, le 2 septembre 1895, il inaugurait avec un drame de sa composition : *le Diable marchand de goutte*, son *Théâtre du Peuple* de Bussang. Ce théâtre consistait en une scène ouverte de

---

(1) Sur les représentations de la *Maison du Peuple* de Bruxelles, voir : Jules Destrée : *Les préoccupations intellectuelles, esthétiques et morales dans le parti ouvrier belge. — Mouvement socialiste*, premier et 15 septembre 1902. Du même auteur : *Renouveau au théâtre.* — *Bibliothèque de propagande socialiste*. 1902.

(2) Voir plus loin, page 146. — Je ne parle pas ici de spectacles traditionnels, comme les représentations de la Passion à Ober Ammergau, et les *Maggi*, (les représentations de Mai) de la campagne de Toscane, qui se sont perpétués, sans interruption, depuis le quinzième siècle (peut-être le quatorzième) jusqu'à nos jours. Ils sont écrits et joués par des paysans du pays de Pise, de Lucques, de Pistoie ou de Sienne. Voir aux documents de la fin, numéro III.

15 mètres de large, adossée à la pente d'une montagne, et dressée au bout d'un pré, qu'entouraient trois tribunes couvertes. Deux mille personnes assistèrent à la première représentation. Tous les ans, depuis lors, le Théâtre de Bussang n'a cessé de donner, en août et en septembre, deux « journées dramatiques » : l'une, payante, où l'on représente une œuvre nouvelle; l'autre, gratuite, où l'on joue l'œuvre donnée l'année précédente. Le répertoire du théâtre est assuré par Maurice Pottecher lui-même, qui écrit chaque année une pièce nouvelle, parfois deux, et qui les joue, avec les siens et avec des ouvriers ou des bourgeois du village. Son talent, la noblesse de sa conscience artistique, et la persévérance inlassable de ses efforts, ont conquis le succès dont son œuvre était digne, et lui assurent dans l'histoire le haut honneur d'avoir été, chez nous, le fondateur du premier Théâtre du Peuple. (1)

A peu près à la même époque, Louis Lumet promenait à travers les quartiers de Paris, de la Maison du Peuple à Montmartre, aux Mille Colonnes à Montparnasse, et au Moulin de la Vierge à Plaisance, le *Théâtre Civique,* qui donnait des récitations artistiques et des spectacles coupés plutôt que de vraies représentations.

Dans le Poitou, l'heureux succès d'une pièce de circonstance, une pastorale de M. Pierre Corneille, jouée par hasard devant des paysans, donnait à l'auteur l'idée de fonder à La Mothe-Saint-Héraye un théâtre populaire, qu'il inaugurait en septembre 1897, par la *Lé-*

---

(1) Voir aux documents, numéro IV, les détails relatifs au *Théâtre du Peuple* de Bussang.

*gende de Chambrille*, et en septembre 1898, par *Erinna, prêtresse d'Hésus*, tragédie de forme classique.

En Bretagne, M. Le Goffic et M. Le Braz organisaient en août 1898, à Ploujean, la représentation d'un vieux mystère du seizième siècle rajeuni : *la Vie de Saint-Gwénolé*.

Enfin les représentations de Nîmes, de Béziers, d'Orange, (1) bien que gâtées par le double cabotinage provençal et parisien, et flottant au hasard des *Précieuses ridicules* au *Chalet* d'Adolphe Adam, de la *Phèdre* de Racine à l'*Iphigénie* de Moréas, et de l'*Œdipe* de Sophocle à celui de Péladan, — servaient la

(1) Le théâtre antique d'Orange fut « rouvert » en 1869, je crois, par une cantate : *les Triomphateurs*, du félibre Antony-Réal, et *Joseph*, de Méhul. On y donna *le Chalet* d'Adam en 1874, *les Précieuses ridicules* en 1886; puis des tragédies antiques ou pseudo-antiques : *Œdipe*, *Antigone*, *Alceste*, *les Phéniciennes*, *Athalie*, *Phèdre*, *Horace*, l'*Orphée* et l'*Iphigénie en Tauride* de Gluck. Cette année, il y eut en quelques semaines jusqu'à trois séries de spectacles; et la confusion des programmes fut extrême. On joua *la Légende du cœur* de Jean Aicard, *Œdipe et le Sphinx* de Joséphin Péladan, *Citharis* de Alexis Mouzin, *Iphigénie* de Jean Moréas, *Horace*, *Phèdre*, *les Phéniciennes*, *Orphée*, etc. A vrai dire, j'y voudrais voir surtout, au lieu de ces reconstitutions de lettrés, et de ces transpositions absurdes de tragédies de salon en plein air, des drames provençaux, comme *la Reine Jeanne* de Mistral. Le succès de la pièce d'Aicard a été particulièrement significatif, cette année. « Ce n'a pas été un succès de théâtre, au sens ordinaire du mot; ç'a été une allégresse d'entente, croissant d'acte en acte, de scène en scène, entre le poète et ses compatriotes. » — Voir Léopold Lacour : *Au Théâtre d'Orange. Le présent et l'avenir. — Revue de Paris*, premier septembre 1903, et *les Théâtres en plein air. — L'Art du Théâtre*, octobre 1903.

A Béziers, dans les arènes construites par M. Castelbon de Beauxhostes, les représentations ont eu jusqu'à présent un caractère exclusivement musical; elles ont même été à peu près réservées à la musique de M. Saint-Saëns (*Déjanire*, *Parysatis*), à une exception près : le *Prométhée*, musique de M. Gabriel Fauré, poème de MM. Jean Lorrain et Ferdinand Hérold.

Enfin les représentations de Nîmes sont toutes récentes. M. Mounet-Sully y joua, le 26 juillet dernier, dans les Arènes antiques, *Œdipe Roi*, précédé d'un prologue de M. Maurice Magre.

cause du théâtre populaire, qui s'essayait de tous côtés en une multitude de tentatives, à Nancy, à Lille, dans le pays basque, dans les Universités populaires : à l'*Émancipation* du quinzième arrondissement de Paris, qui jouait, en 1900, *la Grève* de Jean Hugues, (1) — surtout à la *Coopération des idées* du faubourg Saint-Antoine, formée en 1886 par quelques ouvriers, (2) et où M. Deherme, qui fut non seulement son véritable fondateur, mais le fondateur des Universités populaires, installa en 1899 un théâtre d'un caractère extrêmement éclectique.

Tous ces efforts avaient le défaut d'être isolés, épars, sans liens entre eux, sans cohésion, sans publicité suffisante, sans force capable de lutter contre la routine des artistes, et l'indifférence publique. En mars 1899, quelques jeunes écrivains, faisant partie de la *Revue d'art dramatique*, pensèrent à organiser à Paris, à l'occasion de l'Exposition universelle de 1900, un Congrès international de théâtre populaire, afin de grouper et de concentrer toutes les forces populaires de l'art. Le Congrès devait être précédé d'une enquête faisant appel à toutes les bonnes volontés, et demandant aux

---

(1) *Cahiers de la Quinzaine*, sixième cahier de la troisième série.
(2) « Frappés de ce que l'instruction primaire de leurs pareils, arrêtée net au seuil de la jeunesse, a de beaucoup trop incomplet, et par conséquent de dangereux, désireux aussi d'échapper à l'oppression des organisations électorales, où l'on affirme beaucoup, mais où l'on ne pense guère, quelques ouvriers, mettant en commun leur désir de raisonner, ainsi que les quelques livres qu'ils possédaient, convinrent de se rencontrer à date fixe, un soir par semaine, pour causer. Ce fut d'abord dans l'arrière boutique d'un marchand de vins, rue des Boulets, en 1886. » (Henri Dargel : *Le théâtre du peuple à la Coopération des idées. — Revue d'art dramatique*, avril 1903) — Tels furent les débuts de *la Coopération des idées*, dont le nom vint d'un journal, lancé en 1894, par M. Deherme.

fondateurs de théâtres populaires l'historique de leurs
entreprises, et les réflexions suggérées par leurs expériences. Ainsi eût été préparée la matière des discus-
sions du Congrès. — Pour des raisons indépendantes
de la volonté des organisateurs, le projet, d'ailleurs
trop vaste, dut être abandonné ; mais il fut repris par
eux, six mois plus tard, sur un terrain plus restreint
et plus précis : celui d'un théâtre populaire parisien. (1)

Le 5 novembre 1899, la *Revue d'art dramatique*
publia une lettre au ministre de l'instruction publique,
le priant d'appuyer ses efforts pour fonder un théâtre
populaire à Paris, en nommant un délégué, chargé
d'étudier à l'étranger, surtout à Berlin, le fonctionne-
ment des théâtres populaires existants. En même
temps, la *Revue* ouvrait un concours, dont le prix, de
500 francs, devait être donné à l'auteur du meilleur
projet de théâtre du peuple ; elle constituait, pour
l'examen des manuscrits, un jury composé de Henry
Bauer, Lucien Besnard, Maurice Boucor, Georges
Bourdon, Lucien Descaves, Robert de Flers, Anatole
France, Gustave Geffroy, Jean Jullien, Louis Lumet,
Octave Mirbeau, Maurice Pottecher, Romain Rolland,
Camille de Sainte-Croix, Édouard Schuré, Gabriel
Trarieux, Jean Vignaud, Émile Zola. Le Comité eut
une douzaine de réunions à la *Revue d'art dramatique*,
de novembre 1899 à février 1900. Une délégation se mit
en rapport avec le ministre Leygues. Celui-ci se
rendit parfaitement compte de l'importance d'un
théâtre populaire parisien ; mais tout en prodiguant

(1) On trouvera aux documents de la fin, numéro V, le résumé de
ces projets, et des travaux qui suivirent, à la *Revue d'art dramatique*.

les promesses aux membres du Comité, tous ses efforts tendirent à empêcher que le théâtre du peuple fût l'œuvre d'un parti avancé, comme celui de la *Revue d'art dramatique*, et à l'exécuter à leur place, et à sa façon. Il désigna, comme ils le demandaient, un délégué pour étudier les théâtres populaires à l'étranger ; et ce délégué fut M. Adrien Bernheim. M. Bernheim assista à une séance du Comité, en décembre 1899 ; mais on ne réussit pas à s'entendre : les intentions du gouvernement étaient trop évidentes pour tous. M. Bernheim partit pour Berlin, et le Comité de la Revue continua ses travaux. Il eût fallu être très uni dans le sein du Comité pour pouvoir lutter contre l'ingérence de l'État. Le Comité se sépara au bout de trois mois, après avoir rendu compte du concours qu'il avait institué. Une vingtaine de manuscrits avaient été reçus, dont cinq ou six présentaient un réel intérêt ; un, celui d'Eugène Morel, était tout à fait remarquable. Trois prix furent décernés. Le travail de Morel fut publié par la *Revue d'art dramatique* en décembre 1900. (1) Il reste encore aujourd'hui l'ouvrage le plus complet et le plus original, pour tout ce qui regarde les conditions matérielles et pratiques du nouveau Théâtre du Peuple. Dans la même Revue, Romain Rolland écrivait une étude sur les conditions morales de ce théâtre, et sur son répertoire ; et, le 30 décembre 1900, le *Théâtre civique* de Louis Lumet donnait, au Nouveau Théâtre, une représentation populaire de *Danton*, au profit des tuilistes grévistes du Nord ; la pièce était

(1) Eugène Morel. — *Projet de Théâtres populaires.* — Éditions de la *Revue d'art dramatique.*

précédée d'un discours de Jaurès. Un an plus tard,
le 21 mars 1902, l'auteur de *Danton* faisait jouer, au
théâtre de la Renaissance-Gémier, *le 14 Juillet*, « action
populaire », qui se réclamait de l'idéal artistique et
civique des hommes du comité de Salut public.
« Ressusciter les forces de la Révolution, disait la
préface, ranimer ses puissances d'action, rallumer
l'héroïsme et la foi de la nation aux flammes de
l'épopée républicaine, afin que l'œuvre interrompue
en 1794 soit reprise et achevée par un peuple plus
mûr et plus conscient de ses destinées : tel est notre
idéal. » (1)

Les tentatives de la *Revue d'art dramatique* avaient
eu un retentissement à la Chambre, dans le rapport de
M. Couyba, pour le budget des beaux-arts en 1902, et
dans son discours du 5 mars 1902. Mais on a vu comment le ministre Leygues, et son habile délégué,
M. Bernheim, travaillèrent à canaliser le courant populaire de l'art au profit de l'État. Le procédé est
classique, — comme leur répertoire. Mais malgré la
complicité de la presse bourgeoise, je doute qu'il réus-
sisse contre la force irrésistible d'un mouvement qui
va droit à son but, sans se laisser détourner par rien.
On n'escamote plus le peuple à notre époque. Aucun
de ceux qui ont la conscience profonde de l'art populaire n'a été dupe de cette bruyante diversion ; et les
efforts pour élever à Paris un théâtre vraiment du
Peuple ont continué sans relâche. Ils semblent sur le

(1) *Le 14 Juillet, action populaire*, trois actes de Romain Rolland.
— *Cahiers de la Quinzaine. Onzième cahier de la troisième série*. —
*Danton* forme le sixième cahier de la deuxième série.

point d'aboutir cette année à toute une floraison de
théâtres populaires. Quatre œuvres me semblent particulièrement intéressantes : l'essai de la *Coopération des
idées;* le *Théâtre populaire* de Belleville; le *Théâtre
du Peuple* de M. Beaulieu; et le projet d'organisation
d'un groupe de théâtres populaires par M. Camille
de Sainte-Croix et M. Turot.

*
* *

Depuis le 3 décembre 1899, où s'était ouvert au 157 du
faubourg Saint-Antoine le théâtre du Peuple de la
*Coopération des idées,* les représentations n'avaient
jamais té interrompues. La salle était malheureusement trop petite; elle ne tient que 3 à 400 personnes
assises, et elle est de dégagements incommodes. (1) On
peut aussi critiquer le mélange bizarre et indigeste de
pièces de tout genre et de toute provenance, qui y
sont jouées. On y trouve un peu de tout : Corneille,
Racine, Molière, Marivaux, Regnard, Beaumarchais,
Musset, Ponsard, Hugo, Augier. Courteline est l'auteur le plus joué, avec Labiche et Grenet-Dancourt ;
mais on représente aussi du Rostand, du Pailleron, et

_____

(1) La scène mesure 4 mètres de façade, sur 4 mètres 50 de
profondeur ; elle est desservie sur ses trois côtés par un couloir de
1 mètre 30 de large. — Les ouvriers ont fabriqué eux-mêmes les
décors. A l'heure qu'il est, le théâtre possède six décors complets :
une place publique, un jardin, une chambre rustique, un salon,
une chambre, plus un décor de tragédie, dû à la collaboration
de M. Dervaux, architecte de l'Imprimerie nationale, et de M. Célos,
peintre-décorateur, et représentant la cour intérieure d'une maison
antique, avec un paysage au fond.

toute la comédie moderne, et la plus parisienne, et la plus mondaine : Capus, Meilhac, Porto-Riche, Veber, Tristan Bernard. Le nom même de Francis de Croisset ne nous est pas épargné. Parmi les œuvres plus populaires, *Liberté* de Maurice Pottecher, qui fut le premier spectacle ; *les Mauvais bergers, l'Épidémie, le Portefeuille* de Mirbeau, *Blanchette* de Brieux, *la Cage* et *Tiers état* de Descaves, *la Nouvelle idole* de Curel, et diverses pièces de Jean Jullien *(le Maître)* ; d'Ancey, de Marsolleau, de Trarieux, de Henri Dargel, de Jean Hugues *(la Grève)*, et de Romain Rolland *(les Loups)*. J'ai dit assez nettement mon opinion, au cours de cette étude, sur les dangers de cet éclectisme incohérent, pour n'avoir pas à y revenir. C'est pour l'élite même une nourriture fade, dont les esprits vigoureux répugnent à user ; et elle peut devenir mortelle pour un public ignorant et neuf, qui risque d'être submergé et étouffé par cet amas de sentiments et de styles contradictoires. Il n'en faut pas moins louer la généreuse vitalité de ce mouvement artistique. En trois ans, on a joué, dans la petite salle du faubourg Saint-Antoine, environ 200 pièces, dont une trentaine en 3, 4 et 5 actes, et quelques-unes inédites. Les acteurs n'ont pas fait défaut. Il s'est trouvé jusqu'à quatre troupes à la fois, recrutées dans le public de la *Coopération*, sans parler des divers groupes populaires qui lui ont prêté leur concours, et des élèves du Conservatoire qui, le 8 mars dernier, y jouaient *Horace*, avec mesdames Dudlay et Delvair de la Comédie française. Nous sommes donc en présence d'un *Théâtre du Peuple* en formation, absolument populaire, qui, sous l'active direction de M. Henri Dargel, se développe rapidement, et qui, du jour où il aura trouvé un local plus ouvert au grand public, — il le cherche actuellement, — sera dans les meilleures conditions pour réussir. (1)

*
* *

Mais il y a plus; et déjà, depuis septembre 1903, un *Théâtre populaire* régulier est ouvert, au cœur du Paris ouvrier, 8, rue de Belleville.

Le directeur de ce théâtre, M. E. Berny, un homme jeune, intelligent et audacieux, s'est inspiré, autant que possible, des *desiderata* exprimés par l'enquête de la *Revue d'art dramatique*. La salle, qui n'est pourvue que d'une seule galerie, peut contenir de 1.000 à 1.200 spectateurs. Si l'expérience réussit, l'adjonction de deux galeries supplémentaires portera à 1.800 ou à 2.000 le nombre des places. Le prix est de 0 franc 25, 0 franc 50, 0 franc 75, 1 franc, 1 franc 25 et 1 franc 50 au maximum. Un système d'abonnements donne au théâtre populaire le moyen de risquer cer-

---

(1) S'associant à M. Édouard Quet, et à madame Marya-Chéliga, M. Henri Dargel veut compléter son œuvre en fondant ce qu'il nomme le *Théâtre du Peuple de Paris*. Il s'agit « de créer et de répandre un répertoire dramatique digne de la mission sociale d'un véritable théâtre du Peuple ». Pour cela, un certain nombre de représentations nouvelles doivent être seront données au *Théâtre du Peuple*, salle de l'Athénée Saint-Germain, 21, rue du Vieux-Colombier, devant un public d'abonnés. Ces représentations payantes fourniront des ressources matérielles pour donner ensuite, avec les mêmes pièces, des représentations populaires à des prix très réduits, dans les théâtres de quartier, dans les Universités populaires, et dans les Maisons du Peuple, en France et à l'étranger.

taines tentatives un peu hasardeuses, en constituant un minimum de recette régulièrement assuré, — 20 francs et 15 francs pour vingt représentations, suivant la catégorie des places. — Pour faciliter aux ouvriers le paiement de ces sommes, il leur est permis de s'acquitter par des versements hebdomadaires. On s'adresse aussi aux syndicats, aux associations ouvrières, aux Universités populaires, pour une combinaison d'abonnements collectifs. Le théâtre se promet d'organiser le jeudi des matinées scolaires à des prix excessivement réduits, — o franc 5o et o franc 25. — Le répertoire change chaque semaine; il est éclectique, tout en tâchant de répondre aux conditions morales, dont un théâtre populaire, vraiment digne de ce nom, ne saurait se passer. Il ne se refuse pas à puiser parfois dans le répertoire classique, mais avec discrétion et discernement; il ne veut même pas rompre trop brusquement d'abord avec le mélodrame cher au peuple, par mesure de prudence; mais il s'efforce d'améliorer peu à peu le goût du public, en montant le plus possible d'œuvres qui fassent penser, parmi les pièces historiques, philosophiques, morales, ou sociales, de ces dernières années; et il fait appel aux auteurs nouveaux, pour qu'ils lui fournissent des œuvres nouvelles, spécialement destinées au public populaire, et ne craignant pas d'aborder les questions sociales du jour.

Le théâtre de M. Berny a été inauguré le 19 septembre dernier par *Monsieur Badin* de Courteline, *le Portefeuille* de Mirbeau, et *Danton* de Romain Rolland. Eugène Morel présentait dans une causerie *le Théâtre populaire* à un public, — enfin ! — exclusivement populaire. (1) Depuis, M. Berny a monté successivement, *Sapho* de Daudet, *Boule de Suif* de Maupassant, *le Maître* de Jean Jullien, *la Rabouilleuse* d'Émile Fabre, *Madame Sans Gêne* de Victorien Sardou ; et son programme de cette année annonce *les Tisserands* de Hauptmann, *Germinie Lacerteux* de Goncourt, *Résurrection* de Tolstoy, *Germinal* de Zola, *la Robe rouge* de Brieux, *Poil de Carotte* de Jules Renard, *la Clairière* de Descaves, *l'Honneur* de Sudermann, *l'Arlésienne* de Daudet, etc.

Le succès a, jusqu'à présent, répondu à ces efforts.

Dès aujourd'hui, la démonstration est faite. A ceux qui traitaient le Théâtre Populaire d'utopie, M. Berny a répondu par les faits. Le Théâtre Populaire peut vivre ; — et la preuve, c'est qu'il vit. Il vit, et il vivra. — M. Berny aura l'honneur d'en avoir fait la première tentative sérieuse, à Paris.

\*\*\*

Quelques semaines après l'ouverture du *Théâtre populaire* de Belleville, un des acteurs les plus remarquables des théâtres Antoine et Gémier, M. H. Beaulieu, ouvrait le 14 novembre, au Théâtre Moncey, à Clichy, un second *Théâtre du Peuple*, d'un caractère plus résolument d'avant-garde. Entouré d'une troupe de jeunes artistes de talent, et convaincus, comme lui, de la nécessité de former un peuple artiste, et un art populaire, il compte donner surtout des pièces d'idées, françaises et étrangères. Au programme, *Thérèse Raquin,*

---

(1) Eugène Morel : *Discours pour l'ouverture d'un théâtre populaire.* — *Revue d'art dramatique,* 15 octobre 1903.

*les Tisserands, la Bonne Espérance, l'Honneur, la Vie Publique, Poil de Carotte, le 14 Juillet*, etc. Les places sont à 0 franc 50 et à 1 franc. Une centaine doivent être distribuées gratuitement, certains jours de la semaine, aux élèves pauvres des écoles primaires, à divers groupements ouvriers ou intellectuels, aux soldats de la garnison de Paris, etc. Le jeudi, seront données, en matinée, des représentations de classiques français et étrangers, — abonnements de 10 francs pour douze représentations. — Il y a de plus des abonnements de Premières, — six représentations au minimum d'œuvres nouvelles, — afin d'intéresser l'élite à ce Théâtre du Peuple. D'autres dispositions semblent inspirées du *Schiller Theater* de Berlin : bénéfices répartis aux artistes, suppression des ouvreuses, vestiaire tarifé à 0 franc 10, installation au foyer d'une exposition permanente de tableaux, moulages, photographies, etc.

M. Beaulieu avait aussi pensé, — et ce ne serait pas la partie la moins originale de son œuvre, à faire des tournées de théâtre du peuple, dans les centres socialistes ou populaires de la province ou des pays voisins de langue française : à Lyon, Saint-Étienne, Lille, Bruxelles, Genève, etc. Nous espérons qu'il n'y a pas renoncé : car ce serait là une expérience qui compléterait excellemment les tentatives réalisées à Paris, tentatives dont son œuvre est assurément une des plus sympathiques et des plus dignes du succès.

*\* \* \**

Enfin M. Camille de Sainte-Croix, qui, depuis les représentations tumultueuses de *Thermidor* à la Comédie

française, en 1890, ne se lassait pas de réclamer pour
le peuple républicain de Paris des théâtres républicains,
puisque le peuple se voyait exclu des grands théâtres
subventionnés par l'usurpation réactionnaire des abonnés mondains, a cherché, depuis 1900, les éléments
d'une masse budgétaire, qui permît d'ouvrir, par créations échelonnées, quatre grands théâtres populaires
sur quatre points différents des faubourgs parisiens. Il
a exposé le résultat de ses recherches dans un projet,
que M. Henri Turot doit présenter au Conseil municipal,
et M. Marcel Sembat à la Chambre. Dans l'idée de
M. de Sainte-Croix, chacun de ces quatre théâtres, qui
seraient à la fois dramatiques et lyriques, aurait un
directeur et un administrateur spéciaux ; mais ils
seraient reliés par un cahier des charges commun et un
même conseil de surveillance. Les représentations
d'œuvres modernes y alterneraient avec les représentations classiques, et la musique avec la poésie. (1)

On voit quel fourmillement d'idées nouvelles et
généreuses. Après une longue période d'incubation et
d'attente, le Théâtre du Peuple sort de terre, de toutes
parts. C'est une poussée irrésistible.

La campagne de presse, menée depuis plusieurs
années par Camille de Sainte-Croix, Lucien Descaves,
Gustave Geffroy, Jean Jullien, Octave Mirbeau, les
études et l'enquête si complètes de Georges Bourdon
dans la *Revue bleue*, les chroniques de Faguet, de

---

(1) D'autres tentatives plus fragmentaires ont été faites dans ces
dernières années. Il est juste de citer, par exemple, le *Théâtre
d'avant-garde* ou *Théâtre du Peuple*, 10, rue Henri-Chevreau, qui,
de juin 1902 à août 1903, donna sept soirées, — vingt-cinq actes
inédits, — au tarif unique de 0 franc 50 à toutes places.

## le théâtre nouveau

Nozière. de Gaston Deschamps, de Larroumet, de
Bernheim, ont créé dans le public un courant d'intérêt
et de sympathie si marqué et si universel, en faveur
du théâtre du Peuple, que c'est à qui des représentants
de l'ancien théâtre : directeurs, acteurs, primadonnas,
projettent de le réaliser, — en le déformant naturellement. Mais quel que soit leur crédit, et l'appui de la
presse complice, ils n'y réussiront pas. Car le Théâtre
du Peuple s'élève, non seulement sans eux, mais contre
eux ; et il a pour raison d'être — de les détruire.

Tel est l'historique rapide des tentatives faites en France pour fonder le Théâtre du Peuple. Elles se rattachent directement, comme on voit, à la grande tradition démocratique des penseurs du dix-huitième siècle et des hommes de la Convention. — Quel sera ce théâtre?

Les conditions économiques ont été étudiées de la façon la plus complète par Eugène Morel. Je ne suis pas d'accord avec Morel sur beaucoup de questions. Morel croit au théâtre en soi, et à la foule en soi. « Plus il y a de théâtres, plus c'est bien. Plus il y a de monde, plus c'est bien. Je ne regarde pas à la qualité, mais à la quantité. » (1) Et pour moi, au contraire, je ne regarde qu'à la qualité, et point à la quantité. Je ne crois au théâtre que s'il a un idéal. Je ne me soucierais plus du peuple, s'il devait devenir une seconde bourgeoisie, aussi grossière dans ses jouissances, aussi hypocrite dans sa morale, aussi stupide et aussi apathique que la première. Peu m'importerait de prolonger alors un art qui ne serait qu'un néant sonore, et une humanité qui sent le cadavre. — Mais si je crois beaucoup moins que Morel en la valeur absolue de l'art, et beaucoup plus que lui en une révolution morale et sociale de l'huma-

(1) Lettre d'Eugène Morel à Georges Bourdon. — *Revue bleue*, 10 mai 1902.

nité, je le regarde comme une des intelligences les plus
originales et les plus vivantes qui se soient attachées
au problème de l'art populaire. Son *Projet de théâtres
populaires* est, pour toutes les questions d'organisation
matérielle, une œuvre vraiment neuve, pleine d'idées
fécondes; la hardiesse des conceptions s'y allie au
sens pénétrant des nécessités pratiques. Je n'ai pas
à l'analyser ici : il faut le lire en entier, pour en suivre
la rigoureuse logique. Je me contente d'en exposer les
principes essentiels.

Morel fonde son théâtre, ou plutôt *ses* théâtres du
Peuple sur le principe de l'abonnement. « Ce n'est qu'en
voyant constamment de belles choses, que le goût se
forme ; l'éducation exige la *répétition*. Pour agir effica-
cement sur un public, il faut l'avoir constamment en
main. Des fêtes exceptionnelles peuvent avoir plus
d'éclat, mais leur influence est nulle. » (1) Cet abonnement serait hebdomadaire. « C'est la forme la plus
régulière de l'abonnement, celle qui créera le mieux une
*habitude.* » En conséquence, Morel propose l'émission
de bons de 25 francs, remboursables par tirages périodiques, au gré de l'administration, et il y annexe vingt-
cinq billets de théâtre. Moyennant un supplément de
10 francs, le porteur du bon pourrait renouveler son
abonnement, quand les coupons seraient épuisés. Je
n'entre pas dans le détail du paiement, que Morel

(1) Je ne partage pas sur ce point l'opinion de Morel. Il suffit de
se rappeler quel écho profond et durable peuvent avoir, dans l'esprit d'un enfant sevré de distractions, quelques très rares spectacles
vus de loin en loin. Mais il est vrai qu'ils ne créent pas une *habitude ;* et je crois nécessaire d'user à la fois des spectacles réguliers,
comme d'une sorte d'éducation, et des fêtes exceptionnelles, comme
d'une exaltation du cœur et de la volonté.

s'efforce de faciliter le plus possible, et des dispositions accessoires, par lesquelles il réduit les frais, en escomptant une diminution des droits d'auteurs, et une réforme dans les taux de perception de l'Assistance publique, qui dégrèverait presque complètement le Théâtre du Peuple. « En somme, conclut-il, nous n'établissons pas la gratuité ; mais nos dispositions sont telles, que bien peu de familles seront trop pauvres pour aller au théâtre. et, qu'ainsi entendu, le théâtre, loin d'être un luxe, une folie, ne fera que développer dans le peuple des idées de prévoyance et d'économie. »

Le réabonnement, n'étant plus qu'à 10 francs au lieu de 25, n'offrira plus les mêmes ressources pour l'année suivante. Mais dès ce moment, le théâtre du peuple ne doit plus être isolé. « Il importe, dès sa réussite, et profitant de sa réussite, de jeter immédiatement les bases d'un autre théâtre, dans un autre quartier. Alors une pièce ne sera plus jouée sept, mais quinze jours, et la diminution des frais viendra compenser la diminution prévue de recettes. Ce second théâtre jouissant du matériel et de la troupe du premier sera plus aisément fondé : il jouira de l'expérience acquise. Le matériel de décors et de costumes viendra aussi réduire les dépenses du premier. » Ce n'est pas seulement à Paris que ces théâtres s'élèveront, c'est dans toute la France. « Nous voudrions couvrir de théâtres toute la France. » Ces théâtres formeraient entre eux des associations matérielles, où acteurs, costumes et décors pourraient être mis en commun, sous la surveillance d'un comité central et de son délégué, directeur général. L'État n'interviendrait qu'en fournissant son aide pour réunir les abonnements, et son contrôle pour assurer les principes fixés par les fondateurs mêmes du théâtre. On ne lui demanderait ni subvention, ni garantie. Les Théâtres du Peuple seraient indépendants, sous l'égide de l'État. (1)

J'en ai dit assez pour montrer l'originalité de ce projet, et pour engager à l'étudier de près.

.*.

Supposons les fonds réunis et le public groupé. Quelles seraient les conditions du théâtre qui voudrait être vraiment populaire?

Je n'essaierai pas de poser des règles absolues : il faut avoir la sagesse de se souvenir qu'il n'est guère de bonnes lois, mais des lois qui sont bonnes pour un temps qui passe ou un pays qui change. Un art popu-

(1) Comparer à ce projet l'organisation du Théâtre Schiller de Berlin. Le Théâtre Schiller repose aussi sur le principe de l'abonnement. L'abonnement est trimestriel et coûte 6 francs 25; il donne droit à cinq fauteuils (tous frais compris : vestiaire, programme, etc.) Nulle subvention d'État. La base commerciale du théâtre est un groupe d'actionnaires, constituant le conseil de surveillance, et dont le directeur est l'employé-gérant, aux appointements annuels fixes de 12.500 francs. Si les bénéfices dépassent les 5 0/0 du capital, ils sont distribués, non aux actionnaires, mais aux artistes et aux employés les mieux notés. Le directeur M. Loewenfeld, assure à ses artistes, — qui étaient au nombre d. 34, en décembre 1899 : 22 hommes et 12 femmes, — des appointements ne dépassant pas 10.000 francs, un mois de congé par an, et les frais de costumes pour les femmes. — Nous avons dit plus haut qu'après la première année, M. Loewenfeld avait 6.000 abonnés. Le Schiller Theater donna 380 représentations en 11 mois, dont 319 soirées, 49 matinées, 12 représentations scolaires. Il joua 37 pièces anciennes et modernes, dont 2 premières. Il donna 25 soirées de poésie, une soirée de fables et de contes de Noël. Aucune pièce ne peut être jouée plus de douze fois, et l'affiche change tous les jours. En dehors des spectacles, le théâtre sert dans la journée à des expositions permanentes et à des conférences. — Voir les articles déjà signalés de Jean Vignaud et de Adrien Bernheim.

laire est mobile par essence. Non seulement le peuple
ne sent point comme l'élite ; mais il y a toutes sortes
de peuples : celui d'aujourd'hui, celui de demain ; celui
d'une ville ou d'un quartier, celui d'un autre quartier
ou d'une autre ville. Nous ne pouvons prétendre qu'à
établir une moyenne, applicable au peuple de Paris et
à l'heure présente.

*La première condition d'un théâtre populaire, c'est
d'être un délassement.* Qu'il fasse d'abord du bien, qu'il
soit un repos physique et moral pour le travailleur fatigué de sa journée. C'est l'affaire des architectes du
théâtre futur de veiller à ce que les places bon marché
ne soient plus des lieux de supplice. C'est l'affaire des
poètes de tâcher que leurs œuvres répandent la joie,
et non la tristesse ou l'ennui. Il faut une grande vanité,
désireuse de s'étaler, ou un enfantillage un peu niais,
pour oser offrir au peuple les derniers produits de l'art
décadent, qui donnent bien du mal quelquefois à l'intelligence des oisifs. Et quant aux souffrances de l'élite,
à ses angoisses et à ses doutes, qu'elle les garde pour
elle : le peuple en a plus que sa part ; il est inutile de
l'augmenter. L'homme de notre temps qui a le mieux
compris et aimé le peuple, Tolstoy, n'a pas toujours
échappé à ce travers de l'art, dont il a pourtant humilié
si durement l'orgueil ; sa vocation d'apôtre, son besoin
impérieux d'imposer sa foi, les exigences de son réalisme artistique ont été plus forts, je crois, dans *la
Puissance des Ténèbres*, que son admirable bonté. De
telles œuvres me semblent plus décourageantes qu'utiles
pour le peuple. Si nous ne devions jamais lui offrir
que ces spectacles, il aurait raison de nous tourner le
dos et de s'en aller au cabaret chercher l'engourdisse-

ment de ses peines. C'est trop de prétendre, après une vie triste, le divertir avec le spectacle d'une vie triste. Si quelques rares esprits se plaisent à « sucer la mélancolie, comme la belette suce l'œuf », on ne peut exiger du peuple le stoïcisme intellectuel des aristocrates. Il aime les spectacles violents, mais à condition que ces violences n'écrasent point, une fois de plus, au théâtre comme dans la vie, les héros avec qui il s'identifie. Si résigné ou découragé qu'il soit pour son propre compte, il est d'un optimisme exigeant pour le compte de ses personnages de rêve ; il souffre d'un dénouement lugubre. — Est-ce à dire qu'il lui faille nécessairement le mélodrame larmoyant, qui finit bien ? — Évidemment non. Ce grossier et mensonger spectacle est un soporifique et un stupéfiant, qui contribue, comme l'alcool, à maintenir le peuple dans l'inertie. Le pouvoir de délassement, que nous voulons attribuer à l'art, ne doit pas s'exercer au détriment de l'énergie morale. Bien au contraire.

*Que le théâtre soit une source d'énergie : c'est la seconde loi.* Le devoir d'éviter ce qui écrase et déprime est tout négatif ; il a une contre-partie nécessaire : soutenir et exalter l'âme. Qu'en délassant le peuple, le théâtre le rende plus propre à agir le lendemain. Des êtres simples et sains n'ont, d'ailleurs, pas de joie complète sans l'action. Que le théâtre soit donc un bain d'action joyeuse. Que le peuple trouve dans son poète un bon compagnon de route, alerte, jovial, au besoin héroïque, au bras duquel il s'appuie, et dont la belle humeur lui fasse oublier les fatigues du chemin. Le devoir de ces compagnons poétiques est de le mener droit au but, — et de lui apprendre aussi, chemin faisant, à bien regar-

der autour de soi. C'est là, à ce qu'il me semble, la
troisième condition du théâtre populaire :

*Le théâtre doit être une lumière pour l'intelligence.*
Il doit contribuer à répandre le jour dans ce terrible
cerveau humain, plein d'ombres, plein de replis, plein
de monstres. Tout à l'heure nous avons mis en garde
contre la tendance des artistes à croire toutes leurs
pensées bonnes pour le peuple. Il ne s'agit pas, pour
cela, de lui éviter ce qui fait penser. La pensée de
l'ouvrier est d'ordinaire au repos, tandis que son corps
travaille ; il est utile de l'exercer, et pour peu qu'on
sache s'y prendre, ce peut être même un vif plaisir
pour lui, comme c'est un plaisir pour tout homme
robuste de rompre à de rudes exercices ses membres
engourdis par une longue immobilité. Qu'on lui
apprenne donc à voir clairement et à juger les choses,
les hommes et surtout lui-même.

*La joie, la force et l'intelligence :* voilà les trois
conditions capitales d'un théâtre populaire. Tout le
reste en découle. Quant aux intentions morales qu'on
veut y joindre, aux leçons de bonté, de solidarité
sociale, qu'on ne s'en embarrasse point. Le seul fait d'un
théâtre permanent, de hautes émotions communes et
répétées, crée, — pour un temps, — un lien fraternel
entre les spectateurs. Et au lieu de bonté, donnez-
nous seulement plus de raison, plus de bonheur et plus
d'énergie : la bonté, nous nous en chargeons. Le monde
est plus sot que méchant, et méchant surtout par
sottise. La grande tâche est de faire entrer le plus
d'air, le plus de clarté, le plus d'ordre possible dans le
chaos de l'âme. Mais c'est assez de la mettre en état
de penser et d'agir : ne pensons pas, n'agissons pas

pour elle. Évitons surtout les prêches et les morales, grâce auxquels les amis du peuple ont l'art de rendre l'art rebutant à ceux qui l'aiment le plus. Le théâtre populaire doit éviter deux excès opposés, qui lui sont coutumiers : la pédagogie morale, qui, des œuvres vivantes, extrait de froides leçons, — ce qui est à la fois antiesthétique et maladroit ; car l'esprit défiant sent l'hameçon et s'en détourne ; — et le dilettantisme indifférent, qui veut se faire uniquement, et à tout prix, l'amuseur du peuple : jeu déshonorant, dont le peuple ne sait pas toujours gré, car il est capable de juger ses amuseurs, et il entre souvent du mépris dans le rire dont il accueille leurs contorsions, aux lectures populaires. — Ni recherche de la morale, ni recherche du plaisir. De la santé. La morale n'est qu'une hygiène de l'esprit et du cœur. (1) Faites-nous un théâtre qui déborde de santé et de joie. — « La joie, ressort puissant de l'éter-

(1) « Le bien-être ineffable que nous éprouvons, lorsque nous nous sentons parfaitement sains de corps et d'esprit. »

*(Schiller à Goethe, 7 janvier 1795)*

Il est remarquable que les génies les plus populaires, ceux qu'on se plaît à regarder comme les plus moraux de tous, sont aussi ceux qui ont parlé le plus librement et dédaigneusement de la morale :
« La belle et saine nature humaine, ainsi que vous le dites, n'a besoin ni de morale, ni de droit naturel, ni de métaphysique politique ; vous auriez pu ajouter qu'elle n'a même pas besoin de s'appuyer sur la divinité ni sur l'immortalité. »

*(Schiller à Goethe, 9 juillet 1796)*

« J'ai senti de nouveau tout ce qu'il y a de vide dans ce qu'on appelle la moralité. »

*(Schiller à Goethe, 27 février 1796)*

« Hier, avec tes sermons, Zmeskall, tu m'as rendu tout triste. Que le diable te torde le cou, je ne veux rien avoir à faire avec ta morale. La force, l'énergie, voilà la morale des gens qui se distinguent du commun des mortels. C'est aussi la mienne. »

BEETHOVEN

nelle nature...; la joie qui fait mouvoir les rouages de
l'horloge des mondes...; la joie qui roule les sphères
dans les espaces...; la joie qui fait sortir les fleurs des
germes et les soleils du firmament !... »

*\*

Ce sont là les conditions, pour ainsi dire, *morales*
du théâtre nouveau. Il faut y joindre quelques conditions *matérielles* très importantes.

Pour l'architecture de la salle, Morel préconise la
forme trapézoïdale, qui est . celle du théâtre de
Bayreuth, et de la Maison du Peuple de Bruxelles.
M. Gosset, architecte, propose des gradins demi-
circulaires, étagés en amphithéâtre, et répartis sur
deux ou trois étages. Je n'ai pas de préférence.
L'essentiel est que toutes les places soient égales; et
par conséquent, aucun de nos théâtres anciens, odieusement aristocratiques, ne peut être utilisé par le
théâtre populaire, ni lui servir de modèle, à l'exception
de nos cirques. On ne réalisera la fraternité des
hommes dans l'art, qui doit être le but du théâtre
populaire, on ne réalisera même aucun art véritablement universel et humain, qu'après avoir brisé la
stupide suprématie de l'orchestre et des loges, et
l'antagonisme des classes que provoque l'inégalité
blessante des places dans nos salles de spectacles
actuelles. Tout au plus, admettrais-je deux sortes de
places, en réservant dans le fond de la salle des
places, non de luxe, mais tout au contraire de famille.
L'ouvrier, rentrant en retard et fatigué par sa journée,
peut n'avoir pas eu le temps de faire un peu de toilette,

et éprouver quelque gêne à se montrer au théâtre en
tenue négligée : ces places lui permettraient de voir
sans être vu. Encore ne sais-je pas s'il ne vaut pas
mieux imposer au peuple cette légère contrainte
d'amour-propre et de politesse, qui l'oblige à certains
soins de sa toilette et de son corps : ce ne serait
peut-être pas un des moindres avantages du théâtre
populaire.

Pour la scène, elle devrait être construite de façon à
ce qu'on pût y faire manœuvrer des masses : une quinzaine de mètres d'ouverture, avec cadre mobile permettant de la réduire, — sur vingt mètres de profondeur.
Morel demande une machinerie perfectionnée, pour
laquelle il y aurait lieu d'étudier les systèmes de plan-
chers mobiles usités en Allemagne, en Angleterre, en
Amérique, les plaques tournantes permettant de monter
de multiples tableaux, s'il est besoin, et de laisser toute
liberté à l'imagination créatrice du poète, qui est à la
gêne dans nos théâtres actuels. — Il est certain qu'il
n'y a nulle raison pour se priver de ces perfection-
nements modernes dans un théâtre entièrement nouveau, où leur établissement n'occasionnerait pas une
bien grande augmentation de frais. Mais je ne cache
pas que, pour ma part, je n'y tiens en aucune façon.
Georges Bourdon écrit que « le bouleversement de
la machinerie est peut-être pour demain une évolution
inappréciable dans l'art dramatique lui-même ». (1) Je
crois que la suppression quasi totale de la machinerie
serait une évolution bien autrement puissante encore.

---

(1) Georges Bourdon : *Le théâtre du peuple*. — *Revue bleue*
15 février 1902.

Je rappelle le mot de Michelet : « Un théâtre simple et fort, où la puissance créatrice du cœur, la jeune imagination des populations toutes neuves nous dispensent de tant de moyens matériels, décorations prestigieuses, etc., sans lesquels les faibles dramaturges de ce temps usé ne peuvent plus faire un pas. » L'art aurait tout à gagner à se délivrer de ce luxe enfantin, dont il est esclave, et qui n'a de prix que pour les cerveaux ratatinés de mondains puérils et vieillots, qui ne peuvent pas sentir l'émotion vraie de l'art. Certaines représentations de l'*Œuvre des Trente ans de Théâtre* se passent fort bien de décors ; et de simples répétitions sans décors ni costumes produisent souvent une impression cent fois plus poignante et plus réelle, que les représentations les mieux réussies. J'en ai fait souvent l'expérience, aussi bien dans nos théâtres parisiens, que dans les théâtres du peuple, comme celui de Bussang. Le décor est une convention, dont seuls sont dupes ceux qui sont excessivement naïfs, et ceux qui le sont excessivement peu. Ceux-ci ne m'intéressent point. Pour ceux-là, il ne faut pas croire que le peuple en ait le monopole ; le peuple est plus simple, mais il n'est pas plus naïf que nous. La naïveté est, ou un don très rare, accordé par la nature, ou, dans le cas spécial qui nous occupe, le fait de gens qui n'ont pas l'habitude d'aller au théâtre. Or nous prétendons justement que le peuple ait cette habitude, ou qu'il la prenne. Inutile par conséquent d'escompter sa naïveté : en l'an 1903, le plus naïf des publics est encore celui qui se presse, tous les soirs, sur nos boulevards, à une comédie de M. Capus. — Au reste, je ne fais point la guerre aux décors, ni aux costumes, mais à leur luxe scandaleux et inutile, que nulle socié é bien o ganisée ne devrait tolérer, et dont l'art n'a que faire. Je n'ai besoin pour le théâtre du peuple que d'une vaste salle, ou de manège, comme la salle Huyghens, ou de réunions publiques, comme la salle Wagram, — ce préférence, d'une salle disposée en pente, de façon que tous puissent bien voir : et dans le fond, — ou au milieu, si c'est un cirque, — une haute et large estrade nue.

Il n'y a, en somme, qu'une condition nécessaire, à mon sens, pour le théâtre nouveau : c'est que la scène, comme la salle, puisse s'ouvrir à des foules, contenir un peuple et les actions d'un peuple. (1) De cette condition, tout le reste découle. Il faut évidemment que les pièces représentées devant plusieurs milliers de spectateurs soient adaptées à l'optique et à l'acoustique spéciales de ces vastes étendues.

(1) Il y aurait lieu d'étudier les *représentations populaires de la Suisse*. Plusieurs de leurs dispositions pourraient être reprises utilement : en particulier, ce qu'on nomme là-bas le « chemin des cortèges ». C'est un long ruban de route sinueuse, qui, partant d'une vaste porte ménagée à droite et à gauche de la scène, — et *en dehors de la scène*, — passe devant la scène, et *en dehors du rideau*. C'est par là qu'arrivent les armées, les combats, les charges de cavalerie. Ainsi peuvent s'exécuter, sans confusion, des mouvements de foule tumultueuse ; et cette disposition ajoute beaucoup à l'illusion réaliste du spectacle. Dans les représentations en plein air de la Suisse, le chemin des cortèges part souvent de la pleine campagne, des prairies, des bois qui entourent la scène. — Les Suisses usent des décors, même dans leurs spectacles en plein air. Je ne saurais les en louer. Ce mélange du décor peint et du décor naturel me semble très choquant. Je sais que Maurice Pottecher en est partisan, et croit qu'on peut produire ainsi d'heureuses combinaisons. Peut-être y arrivera-t-on, mais avec un art du décor tout nouveau, avec des architectures véritables, avec une optique nouvelle de la scene en plein air. Jusqu'à présent, les résultats m'ont semblé barbares ; et rien ne vaut l'harmonie de l'horizon naturel, des prairies, des collines lointaines, encadrées entre deux murs, deux tours, — comme en certains *Festspiele* suisses : à Aarau par exemple, — qui limitent l'espace réservé à l'action.

Grétry, qui, dans ses *Essais sur la musique*, (1) fait la curieuse esquisse d'un théâtre nouveau, où il tâche de concilier son art menu de spirituelle sentimentalité avec les aspirations démocratiques de son temps, a très intelligemment indiqué les relations nécessaires qui existent entre les formes architecturales et les formes dramatiques. Ces pages sont connues des musiciens ; il est bon de les rappeler aux littérateurs.

« Pourquoi, au sortir des spectacles, entend-on dire si souvent : « Ah ! comme je me suis ennuyé ! » Ce n'est pas toujours parce que la pièce est ennuyeuse, ni parce que les acteurs sont mauvais, quoique ce soit toujours à ces agents qu'on attribue son ennui ; c'est surtout parce qu'il y a rarement une unité entre les parties constituantes des spectacles, c'est-à-dire, entre le local, les drames qu'on y représente, et les moyens d'exécution... Ayez, j'y consens, une vaste salle de spectacle ; mais que la symphonie soit formidable ; qu'elle ne s'amuse pas à exécuter des morceaux doux. S'il faut que je devine souvent, je m'ennuierai bientôt. Il ne faut ici que de grands traits, de grosses masses ; tout ce qui est fait pour être vu et entendu de près doit en être exclu... Dès qu'il s'agit d'intrigues amoureuses, de pièces d'intrigues proprement dites, de sujets champêtres ou familiers, ce n'est que par mille détails, par les *a parte*, par mille jeux de physionomie, que les acteurs peuvent présenter des vérités de ce genre ; ce n'est que par mille nuances entre le fort et le doux, par mille

___

(1) Livre IV, chapitre 4. — L'ouvrage a été imprimé aux frais de l'État, par arrêté du comité d'instruction publique du 28 vendémiaire an IV, sur le rapport de Lakanal.

agréments, petites notes, trilles, batteries, *pizzicato*, *arpeggio*, que le musicien compositeur peut rendre la vérité des détails moraux qui constituent une action non exagérée; et tous ces petits moyens, si précieux dans un cadre ordinaire, sont nuls dans une grande salle. — Pouvons-nous avoir de grandes salles pour nos tragédies en musique? Oui; mais voici ce qu'il faut observer : 1° que le poète ne traite que des sujets historiques déjà connus; alors la plus courte exposition suffira; 2° qu'il ne présente que des masses, de grands tableaux ornés de pompe, marches, sacrifices, combats, danses, pantomimes, toujours rapides lorsque ces objets ne sont qu'accessoires de l'action principale; 3° que tous les morceaux de poésie destinés au chant mesuré soient simples, et ne renferment qu'un sentiment... De là naîtra l'énergie, la rapidité, la variété que demande un tel spectacle. Le musicien ne travaillera qu'*en grosses notes* sur un poème ainsi préparé; son harmonie, sa mélodie seront larges; tous les détails des genres *finis* seront exclus de son orchestre. Peu de basses travaillées, à moins que ce ne soit avec de grosses notes; point de roulades dans le chant; presque toujours note et parole, c'est-à-dire un chant syllabique. Ici tout doit être volumineux; c'est un tableau fait pour être vu à une grande distance; c'est alors qu'il faut en quelque sorte *peindre avec un balai*. Les paroles destinées au chant ne renfermant qu'un sentiment, le musicien n'ayant qu'une unité à conserver dans chaque morceau, et n'étant point astreint d'en créer une avec plusieurs affections, prendra souvent un mètre ou un rythme, qu'il conservera sans interruption dans chaque morceau de musique. Gluck l'a senti, et n'a été vraiment grand que lorsqu'il a *contraint* son orchestre ou le chant par un même trait. »

A quelques réserves près, qui tiennent à ce que Grétry assigne volontiers au drame musical les limites de sa propre nature, toutes ces réflexions sont justes, même profondes, et s'appliquent aussi bien à la littérature qu'à la musique : il ne s'agit que de les « transposer ». — Oui, il faut exclure du théâtre populaire « tout ce qui est fait pour être vu et entendu de près ». « Il faut de grands traits, de grosses masses. » « *Il faut travailler en grosses notes.* » « *Il faut peindre avec un balai.* » — Adieu, les psychologies compliquées, les subtiles rosseries, les obscurs symbolismes, tout cet art de salons ou d'alcôves ! Qu'il continue, s'il peut, de traîner sa vie vieillotte dans les théâtres de l'ancien temps. Il serait dépaysé, ennuyeux, ridicule chez nous. Notre théâtre populaire est ramené par la force des choses à l'optique du théâtre grec. De larges actions, des figures aux grandes lignes, vigoureusement tracées, des passions élémentaires, au rythme simple et puissant; des fresques, et non des tableaux de chevalet; des symphonies, et non de la musique de chambre. (1)

---

(1) Ici encore, nulle étude plus précieuse que celle de ces représentations suisses, parfois données, comme en juillet dernier, à Lausanne, en plein air, devant 20.000 spectateurs. — Voici quelques-unes des observations que j'ai pu faire à ce sujet :

1. — Il n'est point vrai que ces immenses théâtres ne puissent convenir, comme le disent les musiciens, qu'aux représentations musicales. Si l'acoustique est normale, la déclamation parlée porte juste aussi loin que la déclamation chantée, et beaucoup mieux que l'orchestre, qui, dans les théâtres en plein air, doit être réduit aux bois et aux cuivres; car les cordes ne sont pas entendues.

2. — Il va de soi que l'acteur ne peut observer les régies de jeu et de déclamation ordinaires. Il faut qu'il s'avance sur le bord de la scène, et articule très nettement toutes ses paroles. Par suite, s'impose à ce théâtre une convention nécessaire : une simplification de

Un art monumental, fait pour un peuple, par un peuple. (1)

Par un peuple ! — Oui, car il n'est de grande œuvre populaire, que celle où l'âme du poète collabore avec

l'action, un grossissement du dialogue, qui n'exclut pas d'ailleurs les saillies, mais qui les veut franches et nettes : peu de mots, peu de gestes, mais très expressifs ; une concentration vigoureuse de la passion, de l'action et du style.

3. — La musique est très utile, — au second plan. — Elle doit être le fond de la fresque, le support de l'action, l'atmosphère du drame. Il faut qu'elle imprègne chaque scène du coloris qui lui convient, et qu'elle n'attire jamais l'attention à elle, qu'elle se sacrifie au drame. Il faut, en un mot, qu'elle soit à la fois intelligente et désintéressée... (Mais je demande l'impossible.)

4. — Un théâtre de ce genre appelle nécessairement de puissants effets de fresque. Les foules y sont employées, comme les individus sur les anciens théâtres. Il faut y établir des dialogues de groupes, des doubles et triples chœurs, — en se gardant toutefois de revenir à l'archaïsme antique, comme Schiller dans sa *Fiancée de Messine*; on doit conserver à l'intérieur de chaque groupe une grande liberté de mouvements. — Aux intrigues individuelles seront ainsi peu à peu substitués les conflits de masses. — De grandes lignes. De vigoureuses oppositions dramatiques. De larges effets d'ombre et de lumière. On ne peut dire l'imposante et tragique impression que produit, dans de tels spectacles, un effet de silence absolu, succédant au tumulte. Les Grecs l'avaient bien senti. L'instinct des paysans suisses le leur a fait retrouver.

5. — Dès à présent, on voit se dégager des essais de cet art dramatique monumental, des principes d'un art dramatique nouveau : en particulier celui de *la Double action*, entrevu par Diderot. — Voir plus haut, page 70. — Les vastes étendues de ces théâtres de Suisse ou de Bavière (Ober Ammergau), permettent de présenter *simultanément*, sur des plans différents, des épisodes différents, on peut même dire : des moments différents de la même action. Ici, la Vierge en pleurs cherche son fils, tandis que par une autre rue de Jérusalem le Christ s'achemine au supplice. Là, César monte au Capitole, tandis qu'à l'intérieur du palais les conjurés se préparent et s'agitent. Ce sont, vues à la fois, les faces différentes d'un même instant de crise, l'envers et l'endroit d'un même fait. Et c'est, en même temps qu'un prodigieux enrichissement du drame, un effet d'une angoisse tragique, produit par la vue du Destin qui s'achemine vers l'homme inconscient de sa présence, et qui ne voit pas venir la catastrophe fatale.

(1) Par un peuple ? — Je ne veux pas dire que le peuple doive nécessairement prendre part à l'action, et que ces drames populaires doivent être joués par des acteurs populaires. — Ceci est une

l'âme de la nation, celle qui s'alimente aux passions populaires. Les critiques bourgeois prétendent souvent que rien ne saurait intéresser davantage le peuple, que les romans et les pièces dont les héros sont d'une classe supérieure à la sienne, et la peinture d'une société plus riche, qui lui fasse oublier l'ennui de sa propre misère. Il se peut qu'il en soit ainsi, tant que le peuple est réduit à la demi-domesticité; mais si le sentiment de sa personnalité s'éveille, s'il prend conscience de sa dignité morale, il rougira de cet art de laquais ; et le devoir de ceux qui l'estiment est de l'arracher à ces amusements indignes. Il ne s'agit pas de donner au peuple, pour unique spectacle, le peuple. Mais il faut le relever de la position humiliante qu'on lui assigne au théâtre depuis des siècles : domestique

grosse question, très complexe, et où interviennent des considérations non seulement esthétiques, mais morales. S'il s'agit de spectacles exceptionnels, de grandes fêtes nationales ou populaires, rien de plus naturel, et même de plus souhaitable, que la participation directe du peuple à ces spectacles, — comme il est de règle en Suisse, où tous les rôles sont tenus par des gens du peuple ou de la bourgeoisie du canton, sans distinction de classes — : c'est qu'ici l'action dramatique est réellement une *action*, et qu'en s'y mêlant, on fait acte, non seulement d'acteur, mais de citoyen. — Mais dès qu'il est question d'un théâtre populaire régulier, cette participation du peuple au spectacle a beaucoup plus d'inconvénients que d'avantages. Elle le détournerait de travaux plus utiles; elle lui apporterait un surcroît de travail, absolument déraisonnable; et surtout elle lui donnerait des habitudes d'esprit vaniteuses et insincères. L'art n'y gagnerait rien d'ailleurs; mais, même s'il y gagnait, ce serait un gain trop chèrement acheté. — Je suis ici tout à fait d'accord avec Maurice Pottecher qui, tout en employant des acteurs populaires pour les représentations exceptionnelles de Bussang, est énergiquement opposé à l'idée d'employer des amateurs pour le théâtre populaire parisien. « A quoi bon dans une ville qui compte tant de professionnels sans emploi ? On n'aboutirait guère qu'à produire des acteurs médiocres, et à grossir le nombre des cabotins. » *(Le Théâtre du Peuple. — Revue des Deux Mondes,* premier juillet 1903)

*le théâtre nouveau*

caché derrière la porte, épiant par le trou de la
serrure les gestes de ses maîtres, avec une mauvaise curiosité, narquoise et craintive. Qu'il assiste,
en citoyen de l'univers, au spectacle de l'univers. (1)
Que toutes les classes aient place sur la scène, comme
sur les gradins du théâtre, mais en qualité d'hommes
égaux et fraternels, et non d'ordres rivaux et hiérar-
chisés. Et qu'on offre aussi au peuple la vue des grands
du monde, des rois, des ministres, des conquérants,—
non parce qu'ils furent ses maîtres, mais parce qu'ils
furent les représentants et les dépositaires de l'État,
de la Chose publique, dont il est aujourd'hui l'héritier.
En un mot, que tout lui soit offert en spectacle, mais à
condition qu'il se retrouve dans tout, et qu'à travers le
présent et le passé, il se solidarise avec l'univers, —
afin que toutes les énergies humaines viennent confluer
en lui.

---

(1) Que le poète soit « l'homme de l'univers », disait déjà Louis-
Sébastien Mercier dans son livre : *Du théâtre, ou nouvel essai sur
l'art dramatique* (1791).

# III

Le Théâtre populaire est la clef d'un monde d'art
nouveau, que l'art commence à peine à entrevoir. Nous
arrivons à une croisée de routes, presque toutes inex-
plorées ; à peine quelques esprits se sont-ils aventurés
sur quelques-unes d'entre elles. L'instinct du peuple
aurait dû cependant guider les artistes ; il parlait franchement ; ses préférences n'étaient point douteuses.
Mais qui se serait soucié, parmi les artistes, des préférences du peuple ? Il leur eût semblé méprisable de
ne le point mépriser. Sots parvenus, qui rougissent de
la rusticité des parents, dont la sève fait toute leur
force !

Méprisé ou raillé, le peuple n'en a cure ; il est
resté, depuis cent ans, fidèle à des genres de théâtre
qui excitent la verve des délicats : le cirque, la
pantomime, le bouffe, et le premier de tous : le Mélodrame. — Qu'est-ce à dire ? sinon les théâtres simples,
ceux qui éveillent des émotions simples, des plaisirs
simples, bons ou mauvais, mais simples, et s'adressant
directement à l'âme par les sens.

En Grèce, le théâtre était populaire. Quel était ce
théâtre ? — La mode est revenue, dans ces dernières
années, aux adaptations de tragédies grecques ; elle a
refait une célébrité à *Œdipe Roi*. Mais, tout en suivant

le courant, les critiques beaux-esprits, qui aiment à
faire sentir qu'ils ne sont dupes de rien, ont eu soin
de remarquer qu'*Œdipe Roi*, au fond, était un mélodrame, — avec un secret orgueil, sans doute, au fond
d'eux-mêmes, de l'inférioité de Sophocle comparé aux
maîtres du théâtre contemporain. Ils ne se trompent
pas. *Œdipe Roi* est un mélodrame, et des plus noirs
qui soient. *L'Orestie* en est un autre, dont d'Ennery
eût rougi d'égaler la naïve horreur.

Au temps de la reine Élisabeth, en Angleterre, le
théâtre était populaire. Quel était ce théâtre? — Il
arrive de temps en temps que l'on rejoue chez nous
certaines pièces de Shakespeare. La critique, qui
ne saurait jamais trop louer le jeu merveilleux des
artistes, le goût exquis des décors, l'habile mise en
scène, la délicieuse musique, et l'admirable traduction,
— il lui arrive parfois de reconnaître à Shakespeare des
beautés qui sont de l'invention des traducteurs, — la
critique, du moins dans ses moments d'indépendance,
laisse parfois entendre que Shakespeare est bien heureux d'avoir pour lui tant d'éléments de succès étrangers à son œuvre, sans parler du plus puissant de
tous : le prestige du temps. Elle insinue que *le Songe
d'une nuit d'été* est une farce foraine, et *Macbeth* un
*mélo*, avec des spectres ridicules et barbouillés de
sang, des remords, des hallucinations, et toute la
machinerie de la conscience, telle qu'on la figure à
l'Ambigu. Les gens de goût ne peuvent s'empêcher de
sourire au massacre final d'*Hamlet*; et il est heureux
qu'on ait jusqu'à présent épargné à leur délicatesse
le spectacle des frénésies du *roi Lear*, et de Cor-
nouailles piétinant les yeux de Glocester.

Ironies, ou dédains, ou enthousiasmes de la mode, il n'importe : ceci fut le théâtre populaire, et ceci l'est encore. Et ceci est le Mélodrame.

Certes, il y a loin des sublimes mélodrames de Sophocle et de Shakespeare à ceux de nos fabricants éhontés, qui n'ont de souci que celui de la recette. Mais sans nous occuper de cette racaille, la plus vile des gens de lettres, puisque ce sont les pauvres qu'elle vole, étudions le genre qu'ils exploitent, sous sa forme la plus générale, et en apparence la plus médiocre : nous verrons la raison légitime de son succès auprès du peuple.

« Prenez deux personnages sympathiques, l'un comme victime, l'autre comme terre-neuve, un personnage odieux comme dindon final de la farce sinistre; introduisez-y quelques grotesques,... des hors-d'œuvre choisis dans l'observation quotidienne,... de menues allusions politiques, religieuses ou sociales du jour; mêlez le rire et les pleurs; relevez d'une chanson à refrain facile. Cinq actes, et peu d'entractes » : voilà la recette.

Elle légitime sans doute les faciles railleries de l'élite; mais, comme le montre M. Georges Jubin, dans un intelligent petit article sur le Mélodrame, (1) « vous aurez aussi peut-être, en vous moquant, découvert la loi même du théâtre populaire. — Rire et pleurer, se distraire à des intermèdes, voir le mal en sachant que le bien sera le plus fort, avoir enfin du spectacle pour son argent : voilà les quatre soucis :

(1) Georges Jubin. — *Le théâtre populaire et le mélodrame.* — *Revue d'art dramatique*, novembre 1897.

souci d'*émotions variées*, de *réalisme vrai*, de *moralité simple*, et de *probité commerciale mutuelle*, que le peuple apporte en passant aux contrôles, et dont il convient que tout auteur dramatique se souvienne, s'il veut faire du « théâtre populaire » proprement dit ».

1° Souci d'*émotions variées* : Le public populaire vient au théâtre pour « sentir », et non pour « apprendre »; et comme il s'abandonne entièrement à ses émotions, il veut qu'elles soient diverses; car la tristesse ou la gaieté continue tend trop son esprit; il veut se reposer des larmes dans le rire, et du rire dans les larmes.

2° Souci de *réalisme vrai* : Une des raisons du succès de tel ou tel mélodrame est dans l'illusion d'exactitude que lui cause la reconstitution épisodique de tel ou tel milieu réel, et connu de lui : un cabaret, un mont-de-piété, un marché, etc.

3° Souci de *moralité simple* : Un public populaire a besoin, je ne dirai pas par naïveté, mais par santé, de trouver au théâtre un appui à « l'intime conviction, que chacun a au fond de lui, d'une victoire définitive du Bien », et qu'il a raison d'avoir; car elle est une force presque nécessaire à la vie, et la loi du progrès.

4° Souci de *probité commerciale*, « parce qu'il y a en effet une probité, — de la part des directeurs et des auteurs, — à ne pas voler le public en le tenant enfermé quatre heures, pour lui donner une heure trois quarts de spectacle », et que le peuple vient au théâtre, pour voir la pièce, et non, comme l'élite, pour voir la salle, — pour avoir des émotions tragiques, et non pour parader, médire et flirter.

Des deux publics, lequel a le vrai souci de l'art, — et qu'y a-t-il dans ces règles qui ne soit légitime, vivant et humain? Il ne s'agit que de les appliquer avec honnêteté et conscience artistique ; et c'est la faute des artistes, si le mélodrame moderne, abandonné au premier fabricant venu, se traîne dans la niaiserie. Il ne tient qu'à eux de le relever. Qu'au lieu de s'appliquer aux genres mondains, factices et étriqués, qui peuplent nos théâtres, ils reprennent les genres populaires, en les dégageant des vulgarités qu'y ont accumulées plusieurs générations de commerçants vulgaires, et en y faisant rentrer le souci de la vérité, de l'art et de la langue française. Ils n'y gagneront pas moins que le peuple ; car cet effort leur permettra d'échapper à la mode qui passe, et d'atteindre au fond universel et durable de la vie.

Au reste, il n'y a rien de plus difficile et de plus haut que le grand mélodrame poétique : c'est proprement l'œuvre du génie. On ne saurait le délimiter d'avance, le réduire à des lois. Incarner les passions les plus simples, comme l'amour, l'ambition, la jalousie, la piété filiale, dans des types aussi profondément humains, aussi universels et individuels à la fois que Roméo, Macbeth, Othello, Cordelia ; faire sortir du développement naturel, ou du choc de ces âmes, des actions tragiques, qui atteignent au faîte du tragique et aux limites de l'action, des drames fulgurants et grondants, comme des convulsions de la Nature : — nul ne le peut pleinement qu'un créateur surhumain, comme Eschyle, Shakespeare, ou Wagner ; et pour ceux-là, il n'est pas d'autres règles que d'être ce qu'ils sont.

On peut seulement exprimer le souhait que notre poésie s'intéresse avec plus de sérieux à la tragédie de la vie quotidienne, qu'elle tâche d'en dégager l'élément éternel, le mystère, et la poésie intérieure. Le plus grand de nos dramaturges français, — un romancier, — Balzac, en a donné l'exemple. La vie présente est grosse, non seulement de poésie tragique, mais de puissances fantastiques, comme les antiques légendes. « Il suffit, comme le dit Gabriele d'Annunzio, de regarder passer le tourbillon confus des choses vivantes avec cet esprit fantastique dont parle Vinci, quand il conseille à ses disciples d'observer les crevasses des murs, les cendres du foyer, les nuages, la boue, ou d'écouter le son des cloches, pour y trouver des *invensioni mirabilissime* et d'*infinite cose*. » (1) — Mais la vie est à tous, et peu savent en user. Il ne s'agit que de savoir la prendre. Les conseils ne servent ici de rien.

---

(1) « Et quand tu regardes un mur sillonné de crevasses, tu peux y découvrir l'image de paysages, de montagnes, de fleuves, de rochers, d'arbres, de larges vallées; ou tu peux encore y voir des batailles, des figures en action, des visages et des costumes étranges. Et toutes ces choses apparaissent sur ces murs, comme dans le son d'une cloche tu crois entendre le nom ou le mot que tu imagines. » — Léonard, manuscrit Ashburnam.

## L'ÉPOPÉE HISTORIQUE

Il n'en est pas de même pour un genre où nous trouvons encore marqués les pas du plus vaste des poètes : Shakespeare, — l'Épopée nationale, que l'auteur d'*Henry IV* et de *Richard III* a menée superbement, du roi Jean au roi Henry VIII, parmi les fanfares triomphales d'Azincourt et les tempêtes de la guerre des Deux Roses.

L'Épopée nationale est toute neuve pour nous. Nos dramaturges ont négligé le drame du peuple de France. Il y a là un trésor de pensées et de passions, dont il faut ouvrir l'accès aux artistes et à la foule, qui ne le connaissent point ou qui le connaissent mal. Notre peuple a peut-être la plus héroïque histoire du monde, depuis Rome. Rien d'humain ne lui est étranger. D'Attila à Napoléon, des champs Catalauniques à Waterloo, des Croisades à la Convention, les destinées du monde se sont jouées sur son sol. Le cœur de l'Europe a battu dans ses rois, ses penseurs, ses révolutionnaires. Et si grand qu'ait été ce peuple dans tous les domaines de l'esprit, il le fut par dessus tout dans l'action. L'action fut sa création la plus sublime, sa poésie, son théâtre, son épopée. Il accomplit ce que d'autres rêvèrent. Il n'écrivit pas une Iliade; il en vécut une dizaine : celle de Charlemagne, celle des Normands, celle de Godefroi de Bouillon, celle de saint Louis, celle de la Pucelle,

celle d'Henri IV, celle de la Marseillaise, celle de l'Alexandre corse, celle de la Commune. Ses héros ont fabriqué du sublime plus abondamment que ses poètes. Nul Shakespeare n'a chanté leurs actions; mais le Béarnais, à la tête de ses cornettes blanches, ou Danton sur l'échafaud, ont parlé, ont agi, ont vécu du Shakespeare. La vie de la France a touché le sommet du bonheur et le fond de l'infortune. C'est une prodigieuse Comédie humaine, un ensemble de drames, où de claires volontés dirigent des armées de passion. Chacune de ses époques est un poème différent. Et pourtant, à travers toutes, on sent la persistance de quelques traits indestructibles, d'un destin mystérieux de la race, qui fait l'unité grandiose de l'épopée.

Tant de forces n'ont encore été d'aucun emploi pour l'art français. Car on ne peut compter pour quelque chose les drames-feuilletons de Dumas père, les faits divers de Sardou, — ou *l'Aiglon!* — Les seuls qui, comme Vitet, (1) ont eu l'intelligence du Drame de l'Histoire, sont des esprits tranquilles et contemplatifs, qui n'étaient point faits pour le théâtre, et ne songeaient pas d'ailleurs à travailler pour lui. — « Il y a quelque chose de faux et de blessant pour l'intelligence, dans la place disproportionnée qu'ont prise aujourd'hui l'anecdote, le fait divers, la menue poussière de l'histoire, aux dépens de l'âme vivante. Il ne s'agit pas d'offrir à la curiosité de

---

(1) Vitet : *Les Barricades* (mai 1588). — *Les États de Blois* (décembre 1588). — *La mort de Henri III* (août 1589).

On ne connaît pas assez ces trois suites de *Scènes Historiques*, parues en 1827-29, d'un réalisme exact et minutieux, dont quelques pages atteignent presque à l'intensité d'évocation de Shakespeare. Elles n'ont pas peu servi à Dumas et à Hugo, qui jamais n'en ont égalé la vérité et la vie.

quelques amateurs une froide miniature, plus soucieuse de la mode et du costume que de l'être des héros. Il faut ressusciter les forces du passé; ranimer ses puissances d'action. » (1) — « Le théâtre de nos jours, écrivait Schiller, est obligé de lutter contre l'inertie, la torpeur, l'absence de caractère, la vulgarité intellectuelle de l'esprit de l'époque; il doit donc montrer du caractère et de la force: il doit chercher à ébranler le cœur et à l'élever. La beauté pure est réservée aux nations heureuses; quand on s'adresse à des générations malades (ou troublées), il faut les secouer par des émotions sublimes. » Il faut leur offrir un art héroïque.

Cette épopée héroïque de la France, que le théâtre populaire l'accomplisse. Les poètes aristocrates y ont piteusement échoué, malgré leurs grands efforts. — Échec prévu; car il faut à de telles œuvres la flamme populaire; et sans elle, on ne peut écrire que des poèmes alexandrins, faits pour la distraction érudite de quelques académies.

Nul genre d'art ne convient mieux au théâtre que nous voulons fonder. Sans parler de l'émotion communicative qu'a toujours sur le peuple le spectacle d'événements réels, bien plus que toute fiction; — sans parler de l'illusion plus complète qui s'attache à la représentation de faits qui furent vraiment des faits, et non des inventions poétiques; — sans parler de la force magnétique de l'exemple, et de l'action irrésistible qui se dégage de la vue de l'action, — le drame historique a des avantages de premier ordre pour la formation de la conscience et de l'intelligence du peuple.

---

(1) Préface du *14 Juillet*.

La plupart de ceux qui cherchent à se faire les éducateurs du peuple se croient obligés de demander au théâtre des solutions nettes aux problèmes actuels. Mais outre que certains de ces problèmes n'ont pas de solution actuelle, et qu'il est imprudent de la hâter, rien n'est plus funeste, comme système d'éducation, que d'imposer au peuple des formules toutes faites. Ce qui importe, c'est de développer son esprit, par l'exercice de ses facultés d'observation et de raisonnement. L'histoire peut lui apprendre à sortir de lui-même, à lire dans l'âme des autres, de ses amis et de ses ennemis. Il se retrouvera dans le passé avec un mélange de caractères identiques et de traits différents, avec des vices et des erreurs qu'il sera capable de reconnaître et de condamner, et qui le mettront en garde contre ses passions d'aujourd'hui. L'aveu de ses propres fautes l'amènera peut-être à plus d'indulgence pour les fautes des autres. Les variations perpétuelles des idées, des mœurs et des préjugés, l'instruiront à ne pas prendre ses idées, ses mœurs et ses préjugés actuels pour le pivot du monde, à ne pas enfermer la justice et la raison dans les règles pharisaïques d'un temps, à considérer ce qui passe, et à ne le prendre pas pour éternel.

Mais il n'y a pas seulement des leçons de tolérance dans la vue du passé, et le scepticisme indulgent n'est que la première étape des âmes qui rebâtissent leur conscience sur des bases moins fragiles. Ce qui varie rend plus sensible ce qui demeure. C'est le grand bienfait de l'histoire, qu'elle dégage le roc indestructible du sable qui le recouvre. A l'unité factice d'une foule, troupeau que réunissent des instincts aveugles, elle substitue l'unité morale d'une famille, liée par le triple lien du sang, des épreuves et des pensées fraternelles. Elle assied la personnalité individuelle sur une existence séculaire, d'une solidité à toute épreuve. Il ne s'agit point de réveiller le fanatisme chauvin, mais la solidarité fraternelle de tous les hommes d'un même peuple. Que chacun sente les liens qui l'attachent à la communauté, que sa vie s'enrichisse de toutes les vies antérieures, présentes et futures de sa nation. Dans une telle conscience, il trouvera des raisons plus vigoureuses d'agir, d'être ce qu'il est. (1) L'esprit qui s'élève sur les siècles s'élève pour des siècles. Pour faire des âmes fortes, nourrissons-les de la force du monde.

Le monde : — car la nation n'y suffit pas. — Déjà, il y a 120 ans, le libre Schiller disait : « J'écris comme citoyen du monde. De bonne heure, j'ai perdu ma patrie pour l'échanger contre le genre humain. » (2) Déjà, il y a près d'un siècle, Goethe au regard serein disait : « La littérature *nationale*, cela n'a plus grand sens aujourd'hui : le temps de la *littérature universelle (die Welt-litteratur)* est venu, et chacun doit aujourd'hui travailler à hâter ce temps. » (3) Et il ajoutait : « Si je ne

(1) « L'histoire est au peuple ce que la faculté du souvenir est aux individus, le lien d'unité et de continuité entre notre être d'hier et notre être d'aujourd'hui, la base en nous de toute expérience, et, par l'expérience, le moyen de tout perfectionnement. »

(2) 1783.                                                    LAMARTINE (1864)
(3) Goethe à Eckermann. 31 janvier 1827.
Ailleurs : « Ampère a placé son esprit si haut qu'il a bien loin au-dessous de lui tous les préjugés nationaux ; par l'esprit, c'est bien plutôt un citoyen du monde qu'un citoyen de Paris. Je vois venir le temps où il y aura en France des milliers d'hommes qui penseront comme lui. » (4 mai 1827)
« Il est évident que, depuis longtemps déjà, c'est en ayant devant les yeux l'ensemble de l'humanité, que travaillent les meilleurs génies de toutes les nations. Dans toutes les œuvres, toujours on

me trompe, ce sont les Français qui tireront les plus
grands avantages de cet immense mouvement. » (1)
A nous de réaliser sa prophétie. Ramenons les Français à leur histoire nationale, comme à une source d'art
populaire; mais gardons-nous bien d'exclure la légende
historique des autres nations. Sans doute, la nôtre nous
est plus immédiatement sensible, et notre premier
devoir est de faire valoir le trésor que nous avons reçu
de nos pères. Mais que les hauts faits de toutes les
races aient place sur notre théâtre. Comme Cloots et
Thomas Paine, faits membres de la Convention, comme
Schiller, Klopstock, Washington, Priestley, Bentham,
Pestalozzi, Kosciusko, nommés citoyens français par
décret de Danton, — que les héros du monde soient
aussi les nôtres. Surtout, qu'ils aient chez nous une
seconde patrie, ceux qui furent les héros du peuple,
dans les autres siècles et les autres pays. Que le
Théâtre du Peuple recherche par tout l'univers les
lettres de noblesse du Peuple. Élevons à Paris l'Épopée
du Peuple européen.

Enfin, il ne suffit pas de nous faire les chantres du
passé. Quand nous y aurons puisé des énergies nouvelles, ce n'est pas pour les garder inactives. L'ac-

---

verra davantage, à travers les nationalités et le caractère particulier de l'écrivain, percer et briller cette idée générale... On reconnaît les idées les plus belles à ce signe, qu'elles appartiennent à
l'humanité tout entière. »
(Notes et fragments : à propos d'une traduction de romans allemands par Carlyle [1827])
(1) Goethe continue : « Ce sont les Français qui gagneront le plus
à ce mouvement pour l'étendue du coup d'œil ; ils ont déjà le
pressentiment que leur littérature exercera sur l'Europe l'influence
qu'elle avait déjà conquise au milieu du dix-huitième siècle ; et, cette
fois, l'influence sera exercée par des idées plus hautes. » 18 juin 1829,
*au comte Reinhard.*

tion doit surgir du spectacle de l'action. Chacune de
nos pensées doit tendre à l'action ; chacune de nos
actions doit tendre à l'avenir. Une fois toutes nos
forces ramassées en nous, et conscientes, marchons.
Armés de tout ce qui fut grand autrefois, travaillons à
créer l'homme nouveau, la morale nouvelle, la vérité
nouvelle. L'Histoire héroïque, telle que je l'imagine,
n'est pas une lanterne à l'arrière d'un train, dont la
lueur tremblotante éclaire confusément la route par-
courue. C'est un phare au milieu de l'océan, qui montre
d'un seul jet de flamme la place du navire au milieu de
l'océan, d'où il vient, où il est, où il va. Le présent n'a
pas de consistance, séparé du passé. Le passé n'a pas
de réalité, séparé du présent. Que tout concoure à
l'œuvre unique : la vie. Que la vie de tous les temps ne
forme qu'un tout indissolublement uni, une montagne
en mouvement, un seul Être qui vit par des millions de
poitrines, et, par des millions de voies, monte de toutes
parts à l'assaut de l'univers, qu'un jour il dominera.

## DE QUELQUES AUTRES GENRES DE THÉATRE DU PEUPLE
### DRAME SOCIAL. — DRAME RUSTIQUE. — CIRQUE

J'ai insisté sur l'Épopée historique par préférence personnelle, — il n'est pas interdit de parler de ce qu'on connaît le mieux, — et parce qu'il était nécessaire de réagir contre le discrédit, non d'un genre, — il est encore inconnu en France, et tout entier à créer, — mais d'un nom galvaudé par le ridicule de quelques fantoches romantiques. Ce n'est là qu'une seule des provinces du théâtre populaire nouveau. Combien d'autres s'ouvrent à nous !

Avant tout, le Drame social, vigoureusement essayé par toute une génération de dramaturges nouveaux. A la suite des poètes du Nord, d'Ibsen, de Bjoernson, et de Hauptmann, Jean Jullien, Descaves, Mirbeau, Ancey, Hervieu, Brieux, de Curel, Émile Fabre, Gabriel Tra- rieux, Lucien Besnard, c'est-à-dire presque tous ceux qui comptent dans le théâtre d'aujourd'hui, ont montré la vitalité singulière de ce genre, qui a sur tous les autres à l'heure actuelle l'avantage d'être le plus nécessaire de tous ; car il a jailli spontanément des souffrances, des doutes et des aspirations présentes ; et il fait partie intégrante de l'action. Certains lui en font un reproche, comme s'éloignant ainsi de l'idéal désintéressé de l'art. Pour moi, je l'en loue, et j'en ai déjà dit mes raisons. Heureuses, les époques et les œuvres sereines. Mais quand l'époque est troublée, et que la nation combat, c'est le devoir de l'art de combattre à ses côtés, de l'enflammer, de la guider, d'écarter les ténèbres et d'écraser les préjugés qui lui barrent le chemin. J'entends gémir sur les violences auxquelles l'art entraînera fatalement, et sera entraîné sur cette voie. Ces violences ne tiennent point à lui, mais aux iniquités, auxquelles la conscience de l'humanité se heurte, et qu'il faut qu'elle brise. L'art n'a pas pour objet de supprimer la lutte, mais de centupler la vie, de la rendre plus forte, plus grande et meilleure. Il est l'ennemi de tout ce qui est l'ennemi de la vie. Et si l'amour et l'union est son but, la haine peut être, à certains jours, son arme. « La haine est bonne, disait un ouvrier du faubourg Saint-Antoine à un conférencier qui s'évertuait à lui prêcher que toute haine est mauvaise ; la haine est juste ; c'est elle qui soulève les opprimés contre l'oppresseur. Quand je vois un homme en pressurer d'autres, cela me révolte, je le hais, et je sens que j'ai raison. » Qui ne hait pas bien le mal, n'aime pas bien le bien. Et qui peut voir l'injustice sans tenter de la combattre, n'est ni tout à fait un artiste, ni tout à fait un homme. Le plus doux des poètes, celui qui eut de son art l'idée la plus sereine, Schiller, n'a pas craint de le lancer dans la mêlée, et « de se proposer pour but d'attaquer les vices, et de venger de leurs ennemis la religion, la morale, et les lois sociales ». (1) Au reste, il ne s'agit pas pour l'art d'opposer le mal au mal, mais la lumière. Le mal que l'on voit en face, et qui sait qu'on le voit, est plus qu'à

(1) Préface des *Brigands*. 1781.

moitié vaincu. C'est le rôle du Drame social de jeter dans la balance indécise du combat le poids de l'intelligence et la force impérieuse de la raison.

*
* *

Il reste bien d'autres genres dramatiques, dont le théâtre a fait jusqu'ici peu d'emploi. Le drame campagnard, poème de la Terre. imprégné de l'odeur des champs et de l'humour des provinces au parler savoureux. Pouvillon, en quelques-unes de ses tragédies pastorales; Pottecher, en ses comédies poétiques et rustiques : *le Sotré de Noël* ou *Chacun cherche son trésor*; le Suisse, René Morax, dans ses drames vaudois d'un vigoureux et tranquille sentiment populaire, comme *la Dîme*, (1) en ont donné l'exemple. Art d'un prix inestimable; car il sauve et ranime la vie poétique des petites patries, et leur individualité qui s'efface de jour en jour. — Noterai-je aussi le drame mêlé de musique dont *l'Arlésienne* est un modèle admirable? — Et pourquoi écarter dédaigneusement de notre théâtre la pantomime et l'action toute pure, que l'on relègue à présent aux cirques? Le spectacle de l'action est d'un magnétisme trop puissant pour le bien comme pour le mal; il serait sot de le négliger. Les jeux du cirque ont entretenu à Rome le goût de l'action, que nous perdons aujourd'hui, et qui est nécessaire aux grands peuples. Les Grecs ont cultivé tout ensemble les jeux du corps et ceux de l'Âme. Faisons au corps sa place dans notre art, et que

(1) Voir plus loin, pages 146 et 147, note.

cette place soit large. Notre théâtre doit être un théâtre d'hommes, et non pas d'écrivains.

Combien de formes nouvelles, à peine tentées encore, qui pourront fleurir dans le théâtre populaire ! Mais il serait vain de décrire plus longuement des ombres de l'avenir. (1) Rien ne compte que les œuvres. Nous abordons sur un continent inconnu. Que chacun s'y lance à l'aventure; il reviendra, les mains pleines de butin. Osons surtout, osons élever notre art à la hauteur de la grande Tragédie qui se joue à cette heure dans le monde. — Reprenons pour notre compte les paroles de Schiller, à la représentation du *Camp de Wallenstein*, le 12 octobre 1798 : (2)

« L'ère nouvelle qui s'ouvre aujourd'hui, enhardit aussi le poète à quitter la route battue, à vous transporter du cercle étroit de la vie bourgeoise, sur un théâtre plus élevé qui ne soit pas indigne de cette heure sublime où s'agitent nos efforts. Car un grand sujet peut seul remuer les entrailles profondes de l'humanité;

---

(1) Un mot seulement d'un genre qui ne compte guère en France: *l'Improvisation*. Dans les provinces où l'esprit est plus vif, et la race plus éveillée, il n'est pas nécessaire que le théâtre populaire soit tout entier écrit. Il serait même bon de laisser à la fantaisie populaire l'occasion et le plaisir de se jouer librement sur un canevas donné, comme cela existe encore en Italie, où la *commedia dell' arte* continue sous des formes populaires. Et pour ceux qui trouveraient que l'improvisation n'est pas de l'art, je citerai non seulement Michelet, disant « qu'il serait dommage de donner à l'esprit spontané, improvisateur des Méridionaux, des pièces faites: un texte suffit ; ils sauront bien eux-mêmes le développer », — mais Goethe, qui écrit du *Camp de Wallenstein* que « le genre de la pièce exigerait qu'à chaque représentation on vît quelque chose de neuf, afin que les spectateurs ne puissent plus s'orienter ». (5 octobre 1798, *à Schiller)*

(2) Cf. le magnifique appel de Mazzini « aux poètes du dix-neuvième siècle », *(Aï poeti del secolo XIX)* (1832).

dans un cercle étroit, l'esprit se rétrécit ; l'homme grandit, quand son but s'élève. Et maintenant, au terme sérieux de ce siècle, où la réalité même devient poésie, où nous voyons de puissantes natures lutter sous nos yeux pour un prix important, où l'on combat pour les grands intérêts de l'humanité : la domination et la liberté, — maintenant, l'art aussi, sur le théâtre où il évoque des ombres, peut tenter un vol plus hardi ; il le peut, il le doit même, s'il ne veut s'effacer, couvert de honte, devant le théâtre de la vie. »

Nous n'avons pas à nous plaindre de notre destin. Il ne nous a point ménagé le travail et l'action. Heureuses les époques comme la nôtre, qui ont une tâche immense à accomplir ! Heureux les hommes qui succombent sous le poids d'une glorieuse fatigue ! Cela est mieux que de succomber sous l'ennui du néant, ou de contempler tristement l'œuvre accomplie par d'autres. Nous ne dirons pas, comme le mélancolique auteur des *Caractères*, fin et grêle reflet d'une époque épuisée : « Tout est dit et l'on vient trop tard. » — Rien n'a été dit encore pour la société nouvelle. Tout est à dire. Tout est à faire. A l'œuvre !

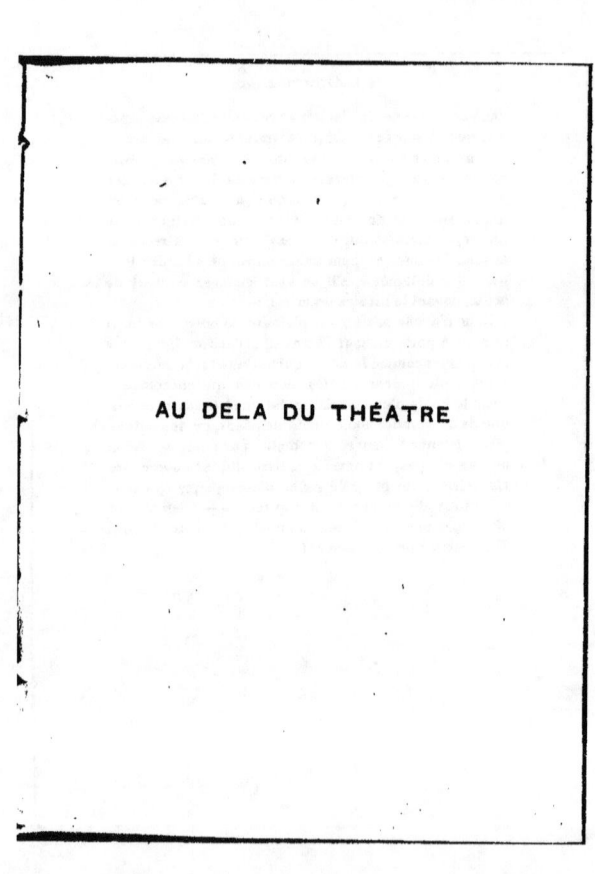

# AU DELA DU THÉATRE

## TROISIÈME PARTIE


## AU DELA DU THÉATRE


### LES FÊTES DU PEUPLE
### CONCLUSION

Si riche que soit le champ ouvert au Théâtre du
Peuple, il n'est encore qu'une forme restreinte du spectacle populaire; et j'en rêve une plus vivante et plus
humaine. J'aime le Théâtre, pour la communion fraternelle qu'il offre aux hommes dans de mêmes émotions,
— cette grande table ouverte à tous, où tous peuvent
venir boire dans l'imagination de leurs poètes l'action
et la passion, dont leur vie est sevrée. Mais je n'ai pas
la superstition du Théâtre, pas plus que de quelque
forme que ce soit de notre Art. Le Théâtre, comme notre
Art tout entier, sous leurs formes les plus nobles, suppose une vie rétrécie et attristée, qui cherche dans le
rêve un refuge factice contre ses pensées. Plus heureux
et plus libres, nous n'en aurions pas besoin. La vie
nous serait le plus glorieux spectacle et l'art le plus
accompli. Sans prétendre à un idéal de bonheur, qui
s'éloigne toujours à mesure qu'on avance, osons dire que

l'effort de l'humanité tend à restreindre le domaine de l'art, et à élargir celui de la vie. Un peuple heureux et libre a besoin de fêtes, plus que de théâtres ; et il sera toujours son plus beau spectacle à soi-même.

Préparons pour le l'euple à venir des Fêtes du Peuple.

Rousseau le réclamait déjà. Après ses âpres critiques du théâtre,

Quoi !

dit-il,     ne faut-il donc aucun spectacle dans une république ? Au contraire, il en faut beaucoup. C'est dans la république qu'ils sont nés, c'est dans leur sein qu'on les voit briller avec un véritable air de fête... Nous avons déjà plusieurs fêtes publiques ; ayons-en davantage encore, je n'en serai que plus charmé. Mais n'adoptons point ces spectacles exclusifs qui renferment tristement un petit nombre de gens dans un antre obscur ; qui les tiennent craintifs et immobiles dans le silence et l'inaction... Non, peuple, ce ne sont pas là vos fêtes. C'est en plein air, c'est sous le ciel qu'il faut vous rassembler... — Mais quels seront les objets de ces spectacles ? Qu'y montrera-t-on ? Rien, si l'on veut. Plantez au milieu d'une place un piquet couronné de fleurs, rassemblez-y le peuple, et vous aurez une fête. Faites mieux encore : donnez les spectateurs en spectacle ; rendez-les acteurs eux-mêmes ; faites que chacun se voie et s'aime dans les autres, afin que tous en soient mieux unis.

Et il rappelait les fêtes de Lacédémone, dont parle Plutarque :

Il y avait trois danses en autant de bandes, selon la différence des âges ; et ces danses se faisaient au chant de chaque bande. Celle des vieillards commençait la première, en chantant le couplet suivant :

      Nous avons été jadis
      Jeunes, vaillants et hardis.

Suivait celle des hommes, qui chantaient à leur tour, en frappant de leurs armes en cadence :

> Nous le sommes maintenant,
> A l'épreuve à tout venant.

Ensuite venaient les enfants, qui leur répondaient en chantant de toute leur force :

> Et nous bientôt le serons,
> Qui tous vous surpasserons.

Qui ne croirait entendre, en lisant cette page, les accents de la Marseillaise ? Et en effet, c'est de là qu'ils sont sortis ; et la Révolution tout entière a repris avec un enthousiasme grandiose cette idée de Rousseau.

\* \*

Dès le commencement de la Révolution, Mirabeau écrivit un discours : *De l'organisation des fêtes nationales*, où il exprimait l'idée de l'éducation par les fêtes. Il en écartait toute pensée religieuse, et il s'appuyait sur l'exemple de l'antiquité. Il proposa neuf fêtes : fête de l'abolition des ordres, fête du serment, fête de la régénération, etc..., leur donnant nettement un caractère d'action politique et de triomphe révolutionnaire.

Le sceptique Talleyrand lui-même traça, dans un rapport, un programme de « Fêtes nationales ».

Toutes ces fêtes auront pour objet direct,

dit-il,

des événements anciens ou nouveaux, publics ou privés, les plus chers à un peuple libre ; pour accessoires tous les symboles qui parlent de la liberté, et rappellent avec plus de force à cette égalité précieuse, dont l'oubli a produit tous les maux des sociétés; et pour moyens ce que les beaux-arts, la musique, les spectacles, les combats, les prix réservés pour ce jour brillant, offriront dans chaque lieu de plus propre à rendre heureux et meilleurs les vieillards par des souvenirs, les jeunes gens par des triomphes, les enfants par des espérances !

Le 11 juillet 1793, le peintre David, député du Louvre, chercha le premier à réaliser ces projets dans son *Rapport et décret sur la fête de la réunion républicaine du 10 août*, présentés à la Convention, au nom du comité d'Instruction publique. — Puis il présenta d'autres projets de fêtes : le 5 nivôse an II, — 25 décembre 93, — *pour la reprise de Toulon ;* — le 19 prairial an II, — 7 juin 94, — *pour la Fête de l'Être suprême ;* — le 23 messidor an II, — 11 juillet 94, — *pour la Fête de Bara et Viala*, qui était fixée, comme on sait, au 10 thermidor, et que la chute de Robespierre empêcha. — Tous ces plans, exprimés dans un langage d'une emphase absurde, et dont la rhétorique ridicule a fourni aux historiens de mauvaise foi, comme Taine, le prétexte de faciles et grossières caricatures, en assimilant faussement la pensée de David à celle des grands Conventionnels, — ces plans, malgré le cabotinisme odieux de leur auteur, sont du plus haut intérêt. Ils montrent un effort, souvent grotesque, mais vigoureux, pour puiser dans la vie même l'inspiration des fêtes et de l'art; et peut-être y a-t-il en elles une originalité plus féconde que dans tout le théâtre français du dix-huitième siècle. — J'en cite des fragments dans les *Documents* de la fin. (1)

---

(1) *Documents*, numéro II.

Marie-Joseph Chénier, qui ne cessa de s'opposer aux projets de David, par bon sens et peut-être aussi par jalousie, (1) contribua plus que quiconque à l'établissement de fêtes nationales. Le 15 brumaire an II, — 5 novembre 93, — il prononça un discours sur ce sujet dans la Convention :

La liberté sera l'âme de nos fêtes publiques; elles n'existeront que pour elle et par elle... Organisons les *Fêtes du peuple*... Il ne suffira point d'établir la fête de l'Enfance et de l'Adolescence, ainsi qu'on vous l'a proposé... Il faudra semer l'année de grands souvenirs, composer de l'ensemble de nos fêtes civiques une histoire annuelle et commémorative de la Révolution française.

Quelques jours plus tard, le 6 frimaire an II, — 26 novembre 93, — Danton, revenant à la charge, disait : « Donnons des fêtes nationales au peuple »; et, rappelant les jeux olympiques, il ajoutait :

Le peuple entier doit célébrer les grandes actions qui auront honoré notre Révolution... Il faut que le berceau de la liberté soit encore le centre des fêtes nationales. Je demande que la Convention consacre le Champ de Mars aux jeux nationaux, qu'elle ordonne d'y élever un temple où les Français puissent se réunir en grand nombre. Cette réunion alimentera l'amour sacré de la liberté, et augmentera les ressorts de l'énergie nationale; c'est par de tels établissements que nous vaincrons l'univers.

Anacharsis Cloots, « cultivateur et député du département de l'Oise », défendit avec d'autant plus d'ardeur

---

(1) « Il est absurde de prescrire tous les mouvements à un peuple, ainsi que l'on commande l'exercice à des soldats... Un décret n'est pas un tableau. » (Premier nivôse an III)

le principe des fêtes populaires, qu'il était plus âprement hostile au principe des théâtres populaires : en
quoi il représentait la pure tradition de Rousseau,
dans toute son intransigeance. Dans un écrit qui date
probablement du commencement de nivôse an II, —
décembre 93, — peu de jours avant son arrestation, il
raillait avec sa lourde et robuste verve l'idée aristocratique de théâtres pour le peuple, et il lui oppose
les fêtes, sous leur forme la plus simple :

> Pas d'autre théâtre à nos sans-culottes que la Nature, qui
> nous invite à danser la farandole sous un chêne séculaire.
> Lire, écrire, chiffrer, voilà pour l'instruction. La joie et un
> violon, voilà pour les spectacles...

Condorcet avait accepté sans enthousiasme le principe
des fêtes, et proposait de célébrer des anniversaires
glorieux, plutôt que des allégories morales et sociales.
Lakanal semble avoir été un des premiers à proposer
des fêtes de ce dernier genre. Mais ce fut Robespierre,
comme on sait, qui fit voter l'ensemble des *Fêtes déca-
daires*, par son fameux discours du 18 floréal an II, —
7 mai 94, — *sur les Rapports des idées religieuses et
morales avec les principes républicains, et sur les Fêtes
nationales*, où la rhétorique du temps ne peut faire
oublier la hauteur de l'éloquence et de la pensée;
l'écho glorieux des victoires de la Révolution y retentit, et l'espoir trop tôt déçu d'une régénération du
monde :

> Rassemblez les hommes; vous les rendrez meilleurs...
> Donnez à leur réunion un grand motif moral et politique...
> L'homme est le plus grand objet qui soit dans la nature;
> et le plus magnifique de tous les spectacles, c'est celui d'un

142

grand peuple assemblé... Un système de fêtes bien entendu serait à la fois le plus doux lien de fraternité et le plus puissant moyen de régénération. — Ayez des fêtes générales et plus solennelles pour toute la République; ayez des fêtes particulières, et pour chaque lieu, qui soient des jours de repos, et qui remplacent ce que les circonstances ont détruit. — Que toutes tendent à réveiller les sentiments généreux qui font le charme et l'ornement de la vie humaine : l'enthousiasme de la liberté, l'amour de la patrie, le respect des lois... Qu'elles puisent leur intérêt et leurs noms mêmes dans les événements immortels de notre Révolution et dans les objets les plus sacrés et les plus chers au cœur de l'homme...

Et il fit adopter un décret instituant l'ensemble de ces Fêtes, (1) et chargeant les comités de Salut public et d'Instruction publique d'en élaborer l'organisation.

Le 20 prairial an II, — 8 juin 94, — eut lieu la première de ces fêtes : *la Fête de l'Être Suprême*, que le modéré Boissy d'Anglas chantait, quelques jours après, le 12 messidor, — 30 juin, — dans son *Essai sur les fêtes nationales*, (2) adressé à la Convention. Puis, le 26 messidor, fut fêté *le 14 juillet*.

----

(1) Voir les *Documents* de la fin, numéro I.
(2) 118 pages *in octavo*. C'est là que se trouve la phrase, souvent rappelée depuis à Boissy d'Anglas, qui l'eût volontiers oubliée : « Robespierre, parlant de l'Être Suprême au peuple le plus éclairé du monde, me rappelait Orphée enseignant aux hommes les premiers principes de la civilisation et de la morale. » — Boissy d'Anglas y propose un grand nombre de fêtes consacrées « aux principaux actes de la vie civile » : naissances, mariages, enterrements, fêtes des aïeux, commémorations historiques, anniversaires républicains, fêtes des récompenses, où l'on porterait au Panthéon les morts illustres, et où l'on inscrirait les grands noms sur des colonnes. « Bientôt cette solennité serait la fête de l'Europe; bientôt l'univers vous accorderait l'initiative de la gloire. » — Boissy d'Anglas adressa cet essai à Florian, qui en fut ravi.

Un théâtre avait imaginé de donner, dès le 22 prairial,
— 10 juin, — des représentations de la Fête de l'Être
Suprême. Le haut idéalisme des grands Conventionnels
en fut blessé. Les 11 et 13 messidor, — 29 juin et premier
juillet, — la commission d'Instruction publique, et le comité de Salut public prirent un arrêté interdisant aux
théâtres cette profanation. On retrouve dans les termes
de l'arrêt les hautaines idées de Rousseau sur l'infé-
riorité du Théâtre, comparé aux Fêtes du peuple :

> Il en est de ces fêtes en miniature, de ces rassemblements
> de théâtre, comme de ces groupes d'enfants qui embar-
> rassent un instant le détour d'une rue et se croient une
> armée. Que diriez-vous si l'on vous montrait les batailles
> d'Alexandre dans une lanterne magique, ou le plafond
> d'Hercule sur une bonbonnière ? — Quand un auteur me
> présente la France sur quelques planches, la nature en
> raccourci ; quand je vois sortir d'une douzaine de coulisses
> un peuple immense, dont un champ vaste contient à peine
> la majesté, qui ne se rassemble que sous la voûte du ciel,
> je crois retrouver le génie barbare de Procuste, qui muti-
> lait des corps vivants pour les réduire aux proportions de
> son lit de fer... Le premier qui imagina de faire jouer de
> telles fêtes, dégrada leur majesté, détruisit leur effet... Les
> fêtes du peuple sont générales, et ne se célèbrent qu'en
> masse.

Ces mots n'étaient pas des mots. Les hommes de ce
temps avaient vu les plus belles des fêtes, les fêtes que
le peuple de France se donna à lui-même : ces sublimes
Fédérations, qui ont inspiré à Michelet des pages
immortelles :

> Bonheur singulier, trop grand pour un homme ! j'ai tenu
> un moment dans mes mains le cœur ouvert de la France,
> sur l'autel des Fédérations ; je le voyais, ce cœur héroïque,
> battre au premier rayon de la foi de l'avenir !... Personne

144

en France (personne au monde peut-être) ne lira cela sans
pleurer... Plus d'église artificielle, mais l'universelle église.
Un seul dôme, des Vosges aux Cévennes, et des Pyrénées
aux Alpes... « Ainsi finit le meilleur jour de notre vie. »
Ce mot que les fédérés d'un village écrivent le soir de la
fête à la fin de leur récit, je suis tout près de l'écrire en
terminant ce chapitre. Il est fini, et rien de semblable ne
reviendra pour moi. J'y laisse un irréparable moment de
ma vie, une partie de moi-même ;... il me semble que je
m'en vais appauvri et diminué.

*\*
\*

Cette heure inoubliable, nous voulons qu'elle revive.
Nous voulons que le peuple puisse encore une fois
goûter cette ivresse fraternelle, ce réveil de la liberté.
C'est l'espoir de cette heure qui m'avait fait rêver pour
le peuple de spectacles dramatiques, ayant pour
conclusion des fêtes populaires, non pas jouées sur
la scène, et réservées aux acteurs, mais où le public
entier eût pris part : « C'est ici, écrivais-je à la fin
du *14 juillet*, la fête du Peuple d'hier et d'aujour-
d'hui, du Peuple éternel. Pour qu'elle prît tout son
sens, il faudrait que le public lui-même y participât,
qu'il se donnât à lui-même le spectacle de son triomphe,
qu'il se mêlât aux chants et aux danses de la fin, que
le Peuple devînt acteur lui-même dans la fête du
Peuple. » (1) — Mais ceci est encore du théâtre ; et si le
grand mouvement social qui nous emporte s'achève,
si le peuple atteint enfin à la souveraineté, il y a
mieux à faire pour lui que des théâtres. Embellis-

---

(1) *Le 14 Juillet. — Scène Finale (Fête du Peuple).*

sons sa vie publique, donnons-lui par des fêtes conscience de sa personnalité, glorifions la Vie.

Je ne parle pas seulement de ces solennités triomphales, où la Révolution voulait transfigurer ses propres actions, et dont la Belgique et la Suisse ont encore conservé, ou repris la tradition : la première, par ses puissantes manifestations politiques, d'où le souci de l'art n'est point absent, (1) — l'autre surtout, par ses fêtes dramatiques en plein air, où des milliers d'hommes prennent part, soutenus par l'orgueil et l'amour de la petite patrie : — représentations vraiment monumentales, qui sont peut-être à l'heure actuelle ce qui donne le mieux l'idée des spectacles antiques. (2)

(1) Par exemple, les manifestations du premier mai, à Bruxelles, à Gand, à Charleroi, en 1896, 97, 98. — Voir *Jules Destrée : Les préoccupations intellectuelles, esthétiques et morales dans le parti ouvrier belge*. — *Mouvement Socialiste*, 15 septembre 1902, et : *Esthétique des cortèges.* — *Le Peuple*, novembre 1901. — On sait d'ailleurs quel développement a pris en Belgique, depuis quelques années, l'*Art public*. — Voir à ce sujet les articles de *Flérens-Gevaert*, en particulier dans la *Revue de Paris* du 15 novembre 1897.

(2) Ces fêtes, dont la tradition n'a jamais été interrompue en Suisse depuis des siècles, ont repris un développement et un éclat surprenant depuis une dizaine d'années. A l'occasion des anniversaires des grandes actions nationales, ou des centenaires de l'indépendance des cantons, chaque ville a rivalisé de faste et d'enthousiasme pour se glorifier elle-même en de pompeux spectacles ; et de cette émulation sont sorties des fêtes populaires, vraiment uniques. Parmi les plus belles, celle de Neuchâtel, pour le cinquantenaire de la République neuchâteloise *(Neuchâtel Suisse, pièce historique en un prologue et douze tableaux, par *Philippe Godet*, intermèdes musicaux de *Joseph Lauber*, représentée à Neuchâtel, les 11, 12, 13, 14, 21 juillet 1898, par six cents acteurs et figurants et cinq cents chanteurs) ; — le *Festdrama* de *Arnold Ott*, représenté à Schaffhouse en 1900 ; — le *Basler Bundesfeier*, pièce historique en quatre actes de *Rudolf Wackernagel*, musique de *Hans Huber*, représentée à Bâle, en juillet 1901, par cinquante acteurs, quatre cents chanteurs et deux mille figurants ; — et cette année même, en juillet et août 1903, la *Représentation du Val d'Anniviers*, dans le Valais, par Marcel Guinand ; le *Festspiel* de Rhein-

146

## CONCLUSION

Mais il est des fêtes plus simples; et nous n'avons pas besoin, comme dit Rousseau,

de renvoyer aux jeux des anciens Grecs : il en est de plus modernes, il en est d'existants encore... Nous avons tous les ans des revues, des prix publics, des rois de l'arquebuse, du canon, de la navigation. On ne peut trop mul-

felden ; le *Festspiel* de *Fischer* à Aarau ; et surtout le *Festival vaudois*, paroles et musique de *E. Jaques-Dalcroze*, représenté à Lausanne les 4, 5 et 6 juillet, sur une scène de six cents mètres carrés, devant vingt mille spectateurs, par deux mille cinq cents acteurs et figurants, dirigés par Gémier : cette fête extraordinaire, où des armées à pied et à cheval, des troupeaux de bœufs et de chèvres, prenaient part à l'action, où toutes les classes étaient mêlées, a résumé de la façon la plus magnifique les efforts accomplis depuis dix ans par les autres villes suisses.

A côté de ces fêtes exceptionnelles, telle autre a un caractère périodique, comme la *Fête des vignerons* de Vevey, qui a lieu tous les vingt ans. — Il faut convenir pourtant que, jusqu'à ces dernières années, il n'était sorti de ce mouvement dramatique aucune œuvre populaire, digne de survivre à l'occasion qui l'avait fait naître ; toutes ces représentations étaient trop uniquement des *Festspiele* de circonstance, des apothéoses patriotiques et des prétextes à cavalcades. Le *Festival vaudois*, où la musique est très supérieure au texte littéraire, n'échappe pas à ce reproche.

Mais, depuis peu, commence à se former en Suisse un art dramatique vraiment populaire et vivant. Le représentant le plus intéressant de ce mouvement, à l'heure actuelle, est M. René Morax. Déjà, dans le *Neuchâtel suisse* de M. Godet, et *le Peuple vaudois* de M. Henri Warnery, les dialogues populaires ont quelque saveur ; déjà tel acte du *Festspiel* de M. Fischer à Aarau, comme l'acte de la guerre des paysans, a quelque force tragique. Mais l'œuvre la plus remarquable de ces dernières années dans le théâtre suisse, est, je crois, la *Dîme* de M. René Morax, pièce historique en quatre actes et sept tableaux, musique de M. Dénéréaz, représentée à Mézières, près Lausanne, le 15 avril 1903. Il y a là, à défaut d'une action très intéressante, des dons d'observation et de vie populaire de premier ordre. Une telle pièce serait digne de ne pas rester enfermée en Suisse, et d'être jouée sur nos théâtres populaires français. — Il faut faire grande attention à ce jeune écrivain, qui a publié d'autres pièces de valeur, comme la *Nuit des quatre temps*, la *Bûche de Noël*, et, la plus intéressante à mon sens, après la *Dîme*, *Claude de Sivirtez*, drame historique en cinq actes et six tableaux, où le conflit de la foi catholique et de la foi protestante, en Suisse, au temps de la Réforme, est présenté avec grandeur et simplicité.

147

tiplier de.; établissements si utiles et si agréables ; on ne peut trop avoir de semblables rois...

Les plus simples de ces fêtes sont peut-être les meilleures. Et Morel, qui reprend, sans s'en douter, une idée de Rousseau, (1) — Morel a bien raison d'ouvrir son théâtre idéal aux bals populaires.

La danse se perd en France. et, surtout à Paris, réservée à des établissements louches, elle n'est plus que prétexte à obscénités. Il serait fort moral que les jeunes gens puissent connaître des jeunes filles, la rencontre ayant lieu ailleurs que dans la rue, et sans que l'endroit couvert soit dangereux ; enfin, la danse, c'est un plaisir, réel, vif, et l'un des plaisirs les plus sains à tout point de vue, elle est un grand excitant à la gaîté et ne dégénère guère en vice. — Mais le peuple ne sait plus danser ? Il faut donc lui apprendre. (2)

\*\*\*

« Est-ce donc à ce bel objet que doit aboutir l'effort grandiose de notre civilisation ? », diront dédaigneuse-

---

(1) Rousseau, critiquant en ceci le puritanisme de Genève, disait : « Il est une espèce de fêtes publiques, dont je voudrais bien qu'on se fît moins de scrupule : savoir, les bals... Je voudrais qu'ils fussent publiquement autorisés, et qu'on y prévînt tout désordre particulier, en les convertissant en des bals solennels et périodiques, ouverts indistinctement à toute la jeunesse à marier. Je voudrais qu'un magistrat, nommé par le Conseil, ne dédaignât pas de présider à ces bals... Les liaisons devenant plus faciles, les mariages seraient plus fréquents ; ces mariages, moins circonscrits par les mêmes conditions, préviendraient les partis, tempéreraient l'excessive inégalité, maintiendraient mieux le corps du peuple dans l'esprit de sa constitution. Ces bals, ainsi dirigés, ressembleraient moins à un spectacle public qu'à l'assemblée d'une grande famille : et du sein de la joie et des plaisirs naîtraient la conservation, la concorde et la prospérité de la République. » *(Lettre d'Alembert)*

(2) Eugène Morel : *Projet de théâtres populaires.*

ment les artistes ; « et le terme du théâtre et de l'art populaire est-il l'anéantissement du théâtre et de l'art ? » — Peut-être. Mais qu'ils se tranquillisent : c'est là un idéal, où il est douteux que nous arrivions jamais, car il supposerait un bonheur dans la vie, que nous ne pouvons nous flatter d'atteindre. Le plus grand des artistes de notre temps, Wagner, n'a pas craint de dire avec une amère franchise, que « si nous avions la vie, nous n'aurions pas besoin d'art. L'art commence exactement au point où finit la vie. Quand elle ne nous offre plus rien, nous crions par l'œuvre d'art : « Je voudrais ! » Je ne comprends pas comment un homme vraiment heureux peut avoir l'idée de faire de l'art... L'art est un aveu de notre impuissance... L'art n'est qu'un lésir... Pour ravoir ma jeunesse, ma santé, pour jouir de la nature, pour une femme qui m'aimerait sans réserve, pour de beaux enfants, je donne tout mon art ! Le voilà ! donne-moi le reste. » (1) — Si seulement nous arrivions à donner un peu de « ce reste » aux malheureux, à mettre un peu de joie dans la vie, et que ce fût aux dépens de l'art, nous ne le regretterions pas.

Je sais de quels liens le cœur est enlacé par le charme du passé. Mais faut-il s'hypnotiser dans la contemplation vaine de la beauté qui fut, et dans l'effort inutile pour la ressusciter ? Ne soyez pas si timorés. Ne tremblez pas autour de vos Louvres et de vos bibliothèques, dans la crainte de les perdre. Regardez moins derrière vous, et davantage devant. Tout passe. Qu'importe ? Ayons le courage de vivre et de mourir, et de laisser

---

(1) *Lettres à Uhlig.*

les choses vivre et mourir comme nous, autour de nous, sans vouloir immortaliser les choses mortelles, et sans attacher l'avenir au cadavre des siècles morts. Ce qui a été, a été; et nous cherchons en vain à en réchauffer l'ombre. Les œuvres meurent comme les hommes. Œuvres écrites ou œuvres peintes, tragédie de Racine ou campanile San Marco, elles s'effritent et croulent. Même ce qui dure le plus : les génies, disparaissent. Ils pâlissent peu à peu. Ce sont comme de grands mondes, qui dans la nuit de l'Espace se refroidissent et s'éteignent. Il est vain de le déplorer et plus vain de le nier. Pourquoi Dante et Shakespeare même échapperaient-ils à la loi commune? Pourquoi ne mourraient-ils pas comme de simples hommes? Ce qui importe, ce n'est pas ce qui fut, c'est ce qui sera; ce n'est pas que la mort s'arrête, mais que la vie éternellement renaisse. Et vive la mort, si elle est nécessaire à fonder la vie nouvelle! Loin de la retarder, hâtons-la plutôt. Puisse l'art populaire s'élever sur les ruines du passé!

Mais pour que cet art populaire triomphe, ce n'est pas assez des seuls efforts de l'art. — « Un jour, » raconte Mazzini, — il était tout jeune encore, et voulait se consacrer aux lettres, — « un jour, je pensai que pour qu'il y eût un art, il fallait qu'il y eût un peuple; et l'Italie d'alors n'en était pas un. Sans patrie et sans liberté, nous ne pouvions pas avoir d'art. Il fallait donc se vouer d'abord au problème : Aurons-nous une patrie? et tâcher de la créer. Ensuite, l'art italien fleurirait sur nos tombes. » — A notre tour, nous disons : Vous voulez un art du peuple? Commencez par avoir un peuple, un peuple qui ait l'esprit assez libre pour en jouir, un peuple qui ait des loisirs, que n'écrase pas la misère, le travail sans répit, un peuple que n'abrutissent pas toutes les superstitions, les fanatismes de droite et de gauche, un peuple maître de soi, et vainqueur du combat qui se livre aujourd'hui. Faust l'a dit :

*Au commencement, est l'Action.*

ROMAIN ROLLAND

DOCUMENTS

IX.

# DOCUMENTS

# I

## TEXTES DE LA RÉVOLUTION RELATIFS AUX THÉÂTRES ET AUX FÊTES DU PEUPLE (1)

### Séance de la Convention nationale du 2 août 1793
#### Président : DANTON

COUTHON. — Citoyens.... Vous blesseriez, vous outrageriez les républicains, si vous souffriez qu'on continuât de jouer en leur présence une infinité de pièces... qui n'ont d'autre but que de dépraver l'esprit et les mœurs publiques. Le Comité, chargé spécialement d'éclairer et de former l'opinion, a pensé que les théâtres n'étaient point à négliger dans les circonstances actuelles. Ils ont trop souvent servi la tyrannie ; il faut enfin qu'ils servent aussi la liberté...

*Décret.* — Le Comité de Salut public,... désirant former de plus en plus chez les Français le caractère et les sentiments républicains, propose une loi de règlement sur les spectacles, qui est adoptée comme il suit :

ARTICLE PREMIER. — La Convention nationale décrète qu'à compter du 4 de ce mois, et jusqu'au premier septembre

---

(1) Voir : *Recueil des Actes du Comité de Salut public,* publiés par Aulard.
*Procès-verbaux du Comité d'Instruction publique de la Convention nationale,* publiés et annotés par J. Guillaume.
*Réimpression de l'ancien Moniteur.* 1840.

prochain, sur les théâtres de Paris qui seront désignés par
la municipalité, seront représentées, trois fois la semaine,
les tragédies républicaines, telles que celles de *Brutus,
Guillaume Tell, Caïus Gracchus*, et autres pièces dramatiques qui retracent les glorieux événements de la Révolution, et les vertus des défenseurs de la Liberté. Il sera
donné, une fois la semaine, une de ces représentations aux
frais de la République.

ARTICLE II. — Tout théâtre qui représentera des pièces
tendantes à dépraver l'esprit public et à réveiller la hon-
teuse superstition de la royauté, sera fermé, et les directeurs seront arrêtés et punis selon les rigueurs des lois.

Discours prononcé à la **Convention** nationale par **Marie-
Joseph Chénier**, député du département de Seine-et-Oise, le
15 brumaire an II, — 5 novembre 1793.

... La première chose qui se présente à l'esprit, en trai-
tant de l'éducation morale, c'est l'établissement des fêtes
nationales. C'est là que l'imagination doit déployer ses iné-
puisables trésors, qu'elle doit éveiller dans l'âme des
citoyens toutes les sensations libérales, toutes les passions
généreuses et républicaines. Je me rendrai maître du désir
qui me porte à traiter avec étendue cette matière dont je
me suis spécialement occupé. Quelque jour, je remonterai
dans la tribune, pour proposer une organisation complète
des fêtes nationales... La liberté sera l'âme de nos fêtes
publiques ; elles n'existeront que pour elle et par elle.
L'architecture élevant son temple, la peinture et la sculp-
ture retraçant à l'envi son image, l'éloquence célébrant
ses héros, la poésie chantant ses louanges, la musique lui
soumettant les cœurs par une harmonie fière et touchante,
la danse égayant ses triomphes, les hymnes, les cérémonies, les emblèmes, variés selon les différentes fêtes,
mais toujours animés de son génie, tous les âges proster-
nés devant sa statue, tous les arts agrandis et sanctifiés
par elle, s'unissant pour la faire chérir : tels sont les maté-
riaux qui s'offriront aux législateurs quand il s'agira d'or-

ganiser les *fêtes du peuple* ; tels sont les éléments auxquels la Convention nationale doit imprimer le mouvement et la vie. Il ne suffira point alors, citoyens, d'établir la fête de l'Enfance et celle de l'Adolescence, ainsi qu'on vous l'a proposé. Des idées plus élevées et plus étendues se présenteront à vous : il faudra semer l'année de grands souvenirs, composer de l'ensemble de nos fêtes civiques une histoire annuelle et commémorative de la Révolution française. Sans doute il ne sera point question de faire repasser annuellement sous nos yeux l'image des événements rapides, mais sans caractère, qui appartiennent à toute révolution ; mais il faudra consacrer dans l'avenir les époques immortelles où les différentes tyrannies se sont écroulées devant le souffle national, et ces grands pas de la Raison, qui franchissent l'Europe et vont frapper les bornes du monde ; enfin, libres de préjugés et dignes de représenter la nation française, vous saurez fonder, sur les débris des superstitions détrônées, la seule religion universelle, qui apporte la paix et non le glaive, qui fait des citoyens et non des rois ou des sujets, des frères et non des ennemis, qui n'a ni sectes ni mystères, dont le seul dogme est l'égalité, dont les lois sont les oracles, dont les magistrats sont les pontifes, et qui ne font brûler l'encens de la grande famille que devant l'autel de la patrie, mère et divinité commune.

Rapport et projet de décret formant un plan général d'instruction publique, par G. Bouquier, membre de la Convention nationale et du Comité d'instruction ; — 11 frimaire an II, — premier décembre 1793.

PLAN GÉNÉRAL D'INSTRUCTION PUBLIQUE

Section IV. — *Du dernier degré d'instruction*

ARTICLE PREMIER. — La réunion des citoyens en sociétés populaires, les théâtres, les jeux civiques, les évolutions militaires, les fêtes nationales et locales, font partie du second degré d'instruction publique.

*documents*

Article II. — Pour faciliter la réunion des sociétés populaires, la célébration des fêtes nationales et locales, des jeux civiques, des évolutions militaires, et la représentation des pièces patriotiques, la Convention déclare que les églises et maisons ci-devant curiales, actuellement abandonnées, appartiennent aux communes.

Écrit d'Anacharsis Cloots, cultivateur et député du département de l'Oise ; — nivôse an II, — décembre 1793.

... Il y a impossibilité physique et morale de donner la comédie à 30 millions de laboureurs, de vignerons, de bûcherons... La nation ne doit entretenir que les établissements dont la cité de France tout entière profite ; et il est impossible que plus de dix à douze communes aient des théâtres supportables ; le reste de la France chanterait sur la pelouse, pendant que vos acteurs déclameraient sur les planches. Non, non, le soleil luit pour tout le monde, et ceux qui préféreront les amusements d'un salon aux récréations champêtres n'ont qu'à se donner ce plaisir en payant leurs entrées. Laissez faire l'industrie particulière ; il en est des théâtres comme de la boulangerie : le gouvernement doit simplement veiller à ce qu'on n'empoisonne ni le corps ni l'esprit, à ce que l'on débite une nourriture saine. Il ne s'agit pas d'amuser une république en miniature, une poignée d'aristocrates corinthiens ou athéniens... Pas d'autre théâtre à nos sans-culottes que la nature, qui nous invite à danser la farandole sous un chêne séculaire. Lire, écrire, chiffrer, voilà pour l'instruction ; la joie et un violon, voilà pour les spectacles.

Séance de la Convention nationale, du 4 pluviôse an II
(23 janvier 1794)
Président : Vadier

*Décret :*

La Convention nationale décrète qu'il sera mis à la disposition du ministère de l'intérieur la somme de 100.000 livres, laquelle sera répartie, suivant l'état annexé au présent décret, aux 20 spectacles de Paris, qui, en conformité du décret du 2 août (vieux style), ont donné chacun 4 représentations pour et par le peuple :

| | |
|---|---|
| A l'Opéra-National. . . . . . . . . . livres | 8.500 |
| Au Théâtre national, ci-devant Français. . . | 7.000 |
| République, rue de la Loi . . . . . . . . . . | 7.500 |
| De la rue Feydeau . . . . . . . . . . . . . | 7.000 |
| Comique-National, rue Favart . . . . . . . | 7.000 |
| National, rue de la Loi . . . . . . . . . . . | 7.000 |
| Rue ci-devant Louvois . . . . . . . . . . . | 5.500 |
| Vaudeville . . . . . . . . . . . . . . . . . | 4.500 |
| Montansier, jardin de l'Égalité. . . . . . . | 4.600 |
| Palais-Variétés . . . . . . . . . . . . . . . | 5.000 |
| National de Molière . . . . . . . . . . . . | 4.800 |
| Délassements-Comiques . . . . . . . . . . | 4.800 |
| Ambigu-Comique. . . . . . . . . . . . . . | 4.800 |
| De la Gaîté. . . . . . . . . . . . . . . . . | 3.600 |
| Patriotique . . . . . . . . . . . . . . . . . | 3.600 |
| Lycée des Arts. . . . . . . . . . . . . . . | 3.200 |
| Com que et Lyrique . . . . . . . . . . . . | 3.200 |
| Var étés-Amusantes . . . . . . . . . . . . | 3.200 |
| Franconi (spectacle d'équitation). . . . . . | 2.400 |
| Républicain de la Foire Saint-Germain. . . . | 2.800 |

AFFICHE DES SPECTACLES DU MÊME JOUR :

*Gratis.* — En réjouissance de l'anniversaire de la mort du tyran :

OPÉRA-NATIONAL. — *Miltiade à Marathon*, opéra en 2 actes ; *l'Offrande à la Liberté*; *le Siège de Thionville.*

RÉPUBLIQUE, rue de la Loi. — *Le nouveau réveil d'Épiménide.*

DE LA RUE FEYDEAU. — Incessamment, *la Prise de Toulon.*

NATIONAL, rue de la Loi. — Incessamment, *Manlius Torquatus.*

DES SANS-CULOTTES, ci-devant Molière. — *La Reprise de Toulon.*

159

Lyrique des Amis de la Patrie, ci-devant Louvois. — *Le Corps de garde patriotique ; Toulon reconquis, ou la fête du Port de la Montagne.*

De la Cité. — *L'amour et la raison ; La folie de Georges ou l'ouverture du Parlement d'Angleterre ; Le Vous et le Tu.*

Lycée des Arts. — *L'École du Républicain ; Le Devin du village ; le Mariage aux frais de la nation.*

De la Montagne, au Jardin de l'Égalité. — *La Sainte omelette.*

Etc.

**Comité de Salut public ; — 20 ventôse an II, — 10 mars 1794.**

*Présents :* Barère, Carnot, Prieur, Couthon, Collot, Saint-Just, Lindet.

Le Comité de Salut public de la Convention nationale, délibérant sur la pétition présentée par les sections réunies de Marat, de Mutius Scaevola, du Bonnet (rouge) et de l'Unité, arrête :

1. — Le Théâtre ci-devant Français, étant un édifice national, sera rouvert sans délai ; il sera uniquement consacré aux représentations données de par et pour le peuple, à certaines époques de chaque mois.

2. — L'édifice sera orné en dehors de l'inscription suivante : *Théâtre du Peuple.* Il sera décoré au dedans de tous les attributs de la Liberté. Les sociétés d'artistes établies dans les divers théâtres de Paris seront mises tour à tour en réquisition pour les représentations, qui devront être données 3 fois par décade, d'après l'état qui sera fait par la municipalité.

3. — Nul citoyen ne pourra entrer au Théâtre du Peuple, s'il n'a une marque particulière qui ne sera donnée qu'aux patriotes, et dont la municipalité réglera le mode de distribution.

4. — La municipalité de Paris prendra toutes les mesures pour l'exécution du présent arrêté.

5. — Le répertoire des pièces à jouer sur le Théâtre du

Peuple sera demandé à chaque théâtre de Paris, et soumis à l'approbation du Comité.

6. — Dans les communes où il y a spectacle, la municipalité est chargée d'organiser, sur les bases de cet arrêté, des spectacles civiques donnés au peuple gratuitement chaque décade. Il n'y sera joué que des pièces patriotiques, d'après le répertoire qui sera arrêté par la municipalité, sous la surveillance du district, qui en rendra compte au Comité de Salut public.

*Signé:* Barère, Prieur, Collot d'Herbois.

(Archives nationales. A. F. II. 67)

**Comité de Salut public ; — 5 floréal an II, — 24 avril 1794.**

*Présents :* Barère, Carnot, Couthon, Collot, Prieur, Billaud, Robespierre, Saint-Just, Lindet.

Le Comité de Salut public appelle les artistes de la République à concourir à transformer en arènes couvertes le local qui servait au théâtre de l'Opéra, entre la rue de Bondy et le boulevard ; ces arènes seront destinées à célébrer les triomphes de la République, et les fêtes nationales, pendant l'hiver, par des chants civiques et guerriers. Le concours sera ouvert pendant un mois, à compter du 10 floréal et du jour de la réception du présent arrêté pour les artistes qui sont dans les départements.

(De la main de Barère)

*Signé:* Barère, Billaud, Carnot, Collot, Prieur.

**Séance de la Convention nationale, du 18 floréal an II (7 mai 1794)**

*Discours de Robespierre sur les rapports des idées religieuses et morales avec les principes républicains et sur les fêtes nationales.*

Citoyens, c'est dans la prospérité que les peuples, ainsi que les particuliers, doivent pour ainsi dire se recueillir pour écouter, dans le silence des passions, la voix de la sagesse. Le moment où le bruit de nos victoires retentit dans l'univers est donc celui où les législateurs de la république française doivent veiller avec une nouvelle sollicitude sur eux-mêmes et sur la patrie, et affermir les principes sur lesquels doivent reposer la stabilité et la félicité de la république. (1)

. . . . . . . . . . . . . . . . . . . . . . . . . . . . . . . . . . .

C'est peu d'anéantir les rois, il faut faire respecter à tous les peuples le caractère du peuple français. C'est en vain que nous porterions au bout de l'univers la renommée de nos armes, si toutes les passions déchirent impunément le sein de la patrie. Défions-nous de l'ivresse même des succès. Soyons terribles dans les revers, modestes dans nos triomphes, et fixons au milieu de nous la paix et le bonheur par la sagesse et par la morale. Voilà le véritable but de nos travaux ; voilà la tâche la plus héroïque et la plus difficile. Nous croyons concourir à ce but en vous proposant le décret suivant :

Article premier. — Le peuple français reconnaît l'existence de l'Être Suprême et l'immortalité de l'âme.

Article II. — Il reconnaît que le culte digne de l'Être Suprême est la pratique des devoirs de l'homme.

Article III. — Il met au premier rang de ces devoirs de détester la mauvaise foi et la tyrannie, de punir les tyrans et les traîtres, de secourir les malheureux, de respecter les faibles, de défendre les opprimés, de faire aux autres tout le bien qu'on peut, et de n'être injuste envers personne.

Article IV. — Il sera institué des fêtes pour rappeler l'homme à la pensée de la Divinité et à la dignité de son être.

---

(1) Nous ne citons que les premières et les dernières lignes de ce très beau discours, qui est fort long, et dont on trouvera le texte dans les *Œuvres de Robespierre, recueillies et annotées par Vermorel*, 1866.

ARTICLE V. — Elles emprunteront leurs noms des événements glorieux de notre Révolution, des vertus les plus chères et les plus utiles à l'homme, des plus grands bienfaits de la nature.

ARTICLE VI. — La République française célébrera tous les ans, les fêtes du *14 juillet 1789*, *du 10 août 1792*, *du 21 janvier 1793*, *du 31 mai 1793*.

ARTICLE VII. — Elle célébrera aux jours de décadis les fêtes dont l'énumération suit :

*A l'Être Suprême et à la Nature. — Au Genre humain. — Au Peuple français. — Aux Bienfaiteurs de l'humanité. — Aux Martyrs de la liberté. — A la Liberté et à l'Égalité. — A la République. — A la Liberté du monde. — A l'Amour de la patrie. — A la Haine des tyrans et des traîtres. — A la Vérité. — A la Justice. — A la Pudeur. — A la Gloire et à l'Immortalité. — A l'Amitié. — A la Frugalité. — Au Courage. — A la Bonne Foi. — A l'Héroïsme. — Au Désintéressement. — Au Stoïcisme. — A l'Amour. — A la Foi conjugale. — A l'Amour paternel. — A la Tendresse maternelle. — A la Piété filiale. — A l'Enfance. — A la Jeunesse. — A l'Age viril. — A la Vieillesse. — Au Malheur. — A l'Agriculture. — A l'Industrie. — A nos Aïeux. — A la Postérité. — Au Bonheur.*

ARTICLE VIII. — Les Comités de Salut public et d'instruction publique sont chargés de présenter un plan d'organisation de ces fêtes.

ARTICLE IX. — La Convention nationale appelle tous les talents dignes de servir la cause de l'humanité à l'honneur de concourir à leur établissement par des hymnes et des chants civiques, et par tous les moyens qui peuvent contribuer à leur embellissement et à leur utilité.

ARTICLE X. — Le Comité de Salut public distinguera les ouvrages qui lui paraîtront les plus propres à remplir ces objets, et en récompensera les auteurs.

. . . . . . . . . . . . . . . . . . . . . . . . . . . . . .

ARTICLE XV. — Il sera célébré le 2 prairial prochain une fête en l'honneur de l'Être Suprême.

**Comité de Salut public ; — 21 floréal an II, — 10 mai 1794.**

(De la main de Robespierre)

Le Comité de Salut public arrête que la Commission d'instruction publique s'occupera de l'organisation des fêtes nationales, et réunira toutes les lumières qui dépendent d'elle à cet égard, pour présenter le plus tôt possible ses idées au Comité de Salut public sur cet objet important.

**Comité de Salut public ; — 25 floréal an II, — 14 mai 1794.**

*Présents :* Barère, Carnot, Collot, Couthon, Billaud, Prieur, Robespierre, Lindet.

. . . . . . . . . . . . . . . . . . . . . . . . . . .

ARTICLE XXV. — La place de la Révolution sera convertie en un cirque par le moyen de glacis dont la pente douce favorisera l'accès de toutes parts, et qui servira aux fêtes nationales.

(De la main de Barère)

*Signé :* BARÈRE, BILLAUD, PRIEUR, COLLOT. ROBESPIERRE.

**Comité de Salut public ; — 27 floréal an II, — 16 mai 1794.**

*Présents :* Barère, Carnot, Collot, Couthon, Prieur, Billaud, Robespierre, Lindet.

Le Comité de Salut public appelle les poètes à célébrer les principaux événements de la Révolution française ; à composer des hymnes et des poésies patriotiques, des pièces dramatiques républicaines, à publier les actions historiques des soldats de la liberté, les traits de courage et de dévouement des républicains et les victoires remportées par les armées françaises. — Il appelle également les citoyens qui cultivent les lettres à transmettre à la postérité les faits les plus remarquables et les grandes époques de la régénération des Français, à donner à l'histoire le caractère sévère et ferme qui convient aux annales d'un grand peuple conquérant sa liberté attaquée par tous les tyrans de l'Europe; il les appelle à composer des livres classiques, et à faire passer dans les ouvrages destinés à l'instruction publique la morale républicaine, en attendant qu'il propose à la Convention le genre de récompenses nationales à décerner à leurs travaux, les époques et les formes du concours.

(De la main de Barère)

*Signé :* BARÈRE, PRIEUR, CARNOT, BILLAUD, COUTHON.

(Archives nationales, AFh. 66. dossier 232)

Comité de Salut public ; — 18 prai..al an II, — 6 juin 1794.

Le Comité de Salut public arrête :

ARTICLE PREMIER. — La commission de l'instruction publique est exclusivement chargée, en vertu de la loi du 12 germinal, de tout ce qui concerne la régénération de l'art dramatique et la police morale des spectacles, qui fait partie de l'éducation publique.

ARTICLE II. — Elle est pareillement chargée de l'examen des théâtres anciens, des pièces nouvelles et de leur admission. L'administration de police de la municipalité de Paris et toutes celles de la République feront parvenir sans délai, à la commission, tous les registres et répertoires relatifs aux pièces de théâtre.

ARTICLE III. — La police intérieure et extérieure des théâtres, pour le maintien du bon ordre, est expressément réservée aux municipalités.

ARTICLE IV. — L'organisation matérielle de la direction des théâtres, leur administration intérieure et financière, sont laissées aux soins des artistes, qui néanmoins en soumettront les plans et les résultats à la commission de l'instruction publique. Les artistes ne pourront être membres de cette administration...

(De la main de Barère)

*Signé :* COLLOT, BARÈRE, BILLAUD.

*documents*

**Commission d'instruction publique; — 5 messidor an II**
**(23 juin 1794)**

SPECTACLES.

*Du 5 messidor, an second de la République*
*française, une et indivisible.*

Le gouvernement républicain est le centre où toutes nos
institutions doivent venir se rattacher.

Jusqu'à présent, les théâtres abandonnés aux spéculations
des auteurs, dirigés par les petits intérêts des hommes ou
des partis, n'ont marché que faiblement vers le but d'utilité
politique que leur marque un meilleur ordre de choses.

Quelques-uns, il est vrai, surtout ceux que le despotisme
avait condamnés à une nullité réfléchie, à une trivialité
repoussante, à une immoralité hideuse, parce qu'ils étaient
fréquentés par cette classe de citoyens que le despotisme
appelait le peuple, et qu'il n'était pas utile au despotisme
que le peuple soupçonnât sa dignité, quelques-uns, dis-je,
ont paru sortir de leur léthargie aux premiers accents de
cette liberté qui rappelait sur leur scène le bon sens et la
raison.

Si leurs efforts ont été en général plus constants qu'heureux, si, malgré quelques étincelles fugitives, quelques
phosphores éphémères, la carrière dramatique est restée
couverte de ténèbres perfides, nous en connaissons les
causes ; les préjugés d'auteurs caressés d'un certain public,
accoutumés à un certain genre de succès, des sentiments
plus bas encore, expliquent assez à l'observateur ce sommeil momentané des Muses.

Bientôt nous irons chercher le mal jusque dans sa racine,
nous en poursuivrons le principe, nous en préviendrons les
funestes effets : pour ce moment, il suffit de préparer la régénération morale qui va s'opérer, de seconder les vues
provisoires de l'arrêté du Comité de Salut public, de verser
dans les spectacles le premier germe de la vie politique à
laquelle ils ont été appelés par le plan vaste dont la Commission d'instruction publique concertera l'exécution avec
le Comité de Salut public.

166

Les théâtres sont encore encombrés des débris du dernier régime, de faibles copies de nos grands maîtres, où l'art et le goût n'ont rien à gagner, d'intérêts qui ne nous regardent plus, de mœurs qui ne sont pas les nôtres.

Il faut déblayer ce chaos d'objets, ou trop étrangers à la Révolution, ou peu dignes de ses sublimes efforts; il faut dégager la scène, afin que la raison y revienne parler le langage de la liberté, jeter des fleurs sur la tombe de ses martyrs, chanter l'héroïsme et la vertu, faire aimer les lois et la patrie.

L'arrêté du Comité de Salut public, du 18 prairial, charge la Commission d'instruction publique de ce travail.

De celui-là dépendent les succès de l'art dramatique; il est la base et comme la première pierre du temple que la république élève aux Muses.

Pour le hâter, il faut le concours et des artistes qui exécutent, et des autorités qui surveillent. La Commission appelle autour d'elle les hommes et les lumières, le patriotisme et le génie.

C'est aux artistes, directeurs, entrepreneurs de spectacles, dans quelques lieux que ce soit de la République, à faire passer à la Commission l'état de leurs répertoires actuels, les manuscrits nouveaux qu'on leur présente.

Ils doivent soumettre à la revision de la Commission l'organisation intérieure de leur administration policiale et financière; qu'ils observent que les artistes des théâtres y peuvent bien prendre une part consultative et surveillante, puisqu'il s'agit de leurs intérêts; mais que ceux de l'art qu'ils professent, les travaux qu'exige la perfection à laquelle ils doivent tous avoir l'ambition d'aspirer, les excluent de toute prétention à composer le conseil actif de cette administration.

. . . . . . . . . . .

Et vous, écrivains patriotes qui aimez les arts, qui dans le recueillement du cabinet, méditez tout ce qui peut être utile aux hommes, déployez vos plans, calculez avec nous la force morale des spectacles. Il s'agit de combiner leur influence sociale avec les principes du gouvernement; il s'agit d'élever une école publique où le goût et la vertu soient également respectés.

La Commission interroge le génie, sollicite les talents, s'enrichit de leurs veilles, et désigne à leurs travaux le but politique vers lequel ils doivent marcher.

> *Les membres composant la Commission*
> *d'instruction publique,*

> Signé au registre : PAYAN, commissaire.
> FOURCADE, adjoint.

Commission d'instruction publique ; — **11 messidor an II**
**(29 juin 1794)**

FÊTES A L'ÊTRE SUPRÊME. — PIÈCES DRAMATIQUES

*Rapport et Arrêté* (approuvé par le Comité de Salut public,
le 13 messidor)

Rien ne prouve mieux la nécessité d'établir sur les théâtres le gouvernement révolutionnaire des arts, que le genre et l'esprit des ouvrages dont se composent leurs répertoires.

A ne considérer ces productions que du côté politique et d'après leurs rapports avec le gouvernement, on ne peut disconvenir que leur but général, leur marche commune, ne soient de saisir le goût du moment plutôt que la pensée publique et éternelle, d'imiter plus que de créer, de ne conquérir enfin que des applaudissements de circonstance.

De là leur nullité politique.

Il est une foule d'auteurs alertes à guetter l'ordre du jour ; ils connaissent le costume et les couleurs de la saison ; ils savent à point nommé quand il faut affubler le bonnet rouge, quand le quitter.

Leur génie a fait un siège, emporté une ville, avant que nos braves républicains aient ouvert la tranchée.

Dans ces échos des idées reçues, ne cherchez pas celles

qu'il eût fallu faire recevoir : ce qui plaît prend à leurs yeux le caractère de l'utile.

De là encore la corruption du goût, l'avilissement de l'art ; tandis que le génie médite et jette en bronze, la médiocrité, tapie sous l'égide de la liberté, ravit en son nom le triomphe d'un moment, et cueille sans effort les fleurs d'un succès éphémère.

Ces réflexions s'appliquent naturellement à quelques pièces de théâtre présentées à l'examen de la Commission sous le titre de *Fête à l'Être Suprême*.

Les nommer, c'est en faire l'analyse : elles offrent le grand, le sublime tableau du 20 prairial, rétréci dans les proportions de la scène qui les attend.

L'on doit rendre justice au fond de l'ouvrage : l'intention en est pure.

Mais n'en est-il point de ces fêtes en miniature, de ces rassemblements de théâtre, comme de ces groupes d'enfants qui embarrassent un instant le détour d'une rue et se croient une armée ? Que diriez-vous si l'on vous montrait les batailles d'Alexandre dans une lanterne magique, ou le plafond d'Hercule sur une bonbonnière ?

Quand un auteur me présente la France sur quelques planches, la nature en raccourci ; quand je vois sortir d'une douzaine de coulisses un peuple immense, dont un champ vaste contient à peine la majesté, qui ne se rassemble que sous la voûte du ciel, je crois retrouver le génie welche de ce financier, qui faisait couper ses livres pour les ajuster à ses tablettes d'acajou, ou le génie barbare de Procuste, (1) qui mutilait des corps vivants pour les réduire aux proportions de son lit de fer.

Quelle scène enfin, avec ses rochers, ses arbres de carton, son ciel de guenilles, prétend égaler la magnificence du 20 prairial, ou en effacer la mémoire ?

Ces tambours, cette musique, l'airain mugissant, ces cris de joie élancés jusqu'aux cieux, ces flots d'un peuple de frères, ces vastes flots dont le balancement doux et ma-

___

(1) Le premier texte, ensuite corrigé, dit : « *de Busiris* ».

x

jestueux peignait à la fois et l'élan de l'ivresse reconnais-
sante, et le calme serein de la conscience publique, ces
voiles humides, ces nuages que les zéphirs, en jouant,
balançaient sur nos têtes, entr'ouvraient de temps en temps
aux rayons du soleil, comme s'ils eussent voulu le rendre
témoin des plus beaux moments de la fête ; enfin, l'hymne
de la victoire, l'union du peuple et de ses représentants, tous
les bras élevés, tendus vers le ciel, jurant devant le soleil
les vertus et la République.

C'était là l'Éternel, la nature dans toute sa magnificence,
toute la fête de l'Être Suprême.

Ce n'est que dans ces souvenirs qu'on peut retrouver les
impressions profondes dont nos cœurs furent émus : les
chercher autre part, c'est les affaiblir; rapporter sur la scène
ce spectacle sublime, c'est le parodier.

Ainsi, le premier qui imagina de faire jouer de telles
fêtes, dégrada leur majesté, détruisit leur effet, et éleva le
signal du fédéralisme dans la religion du peuple français
et du genre humain ; car s'il est permis de concentrer dans
une salle, de travestir sur un théâtre les fêtes du peuple,
qui ne voit que ces mascarades deviendront de préférence
les fêtes de la *bonne compagnie*, qu'elles prépareront à de
certaines gens le plaisir de s'isoler, d'échapper au mouvement national? Les fêtes du peuple sont les vertus : elles
sont générales, et ne se célèbrent qu'en masse.

Quel encens enfin à offrir à l'Éternel, que ces productions
bizarres, ces chants rauques d'une foule d'auteurs nouveau-
nés, que la liberté n'inspira jamais.

Ce serait ici le lieu de tracer aux auteurs le plan des
spectacles nationaux et dignes d'un peuple libre, si ce
tableau ne faisait pas partie d'un travail plus large, qui
doit régénérer la scène républicaine : contentons-nous
d'observer, surtout aux jeunes littérateurs, que la route de
l'immortalité est pénible ; que si un despote ne souffrit
pas que des crayons vulgaires défigurassent ses traits, la
liberté aussi ne se reconnaît que sous les pinceaux d'A-
pelle; que, pour offrir au peuple français des ouvrages
impérissables comme sa gloire, il faut se défier d'une
fécondité stérile, d'un succès non acheté, qui tue le talent,

où le génie se dissipe en quelques étincelles fugitives, parmi une nuit de fumée; que ces fruits précoces et hâtifs, symptômes du besoin beaucoup plus que des talents, dont le mérite se calcule d'après la recette, avilissent l'œuvre et l'ouvrier.

C'est avec peine que la Commission se voit forcée de marquer ses premiers pas dans le sentier du goût et du vrai beau par des leçons sévères; mais, idolâtre des arts, dont la régénération lui est confiée, elle saura distinguer le mérite, rechercher le talent, encourager ses efforts, applaudir à ses succès; elle est comptable aux lettres, à la nation, à elle-même, du poète dont elle n'aura pas monté la lyre; de l'historien à qui elle n'aura pas donné un burin, des crayons; du génie dont elle n'aura pas fécondé, dirigé les élans.

Que le jeune auteur ose donc mesurer d'un pas hardi toute l'étendue de la carrière ; que la généreuse ambition d'être utile présente toujours à sa pensée les sujets sous leur rapport moral et républicain; qu'il fuie partout la pensée facile et battue de la médiocrité.

L'écrivain qui n'offre, au lieu de leçons, que des redites; au lieu d'intérêt, que des pantomimes; au lieu de tableaux, que des caricatures, est inutile aux lettres, aux mœurs, à l'État, et Platon l'eût chassé de sa République.

D'après ces réflexions, la Commission d'instruction publique, considérant que les pièces consacrées à retracer la fête de l'Être Suprême n'offrent, quels que soient les talents des auteurs, que des cadres étroits, au lieu d'un immense tableau ;

qu'elles sont au-dessous de la nature et de la vérité;

qu'elles tendent à contrarier l'effet, à détruire l'intérêt des fêtes nationales, en rompant leur unité par une copie sans art, par une image sans vie, en substituant des groupes à la masse du peuple, en insultant à sa majesté ;

qu'elles nuisent aux progrès de l'art, étouffent le talent, corrompent le goût sans instruire la nation ; — arrête :

Que la fête à l'Être Suprême ne pourra être représentée sur aucun théâtre de la République;

que le présent sera adressé aux municipalités, pour suspendre dans leurs arrondissements les représentations des poèmes de cette nature qui pourraient y avoir lieu, et que ces autorités instruiront la Commission des mesures qu'elles prendront à ce sujet.

Paris, 11 messidor, l'an 2 de la République française, une et indivisible.

*Les membres de la Commission de l'instruction publique :*

Signé : PAYAN, commissaire.
FOURCADE, adjoint.

Le Comité de Salut public approuve la mesure adoptée par la Commission de l'instruction publique.

13 messidor, an 2.

Signé : BARÈRE, COLLOT, C.-A. PRIEUR, BILLAUD-VARENNES, ROBESPIERRE, CARNOT, SAINT-JUST.

Pour extrait :

PAYAN, commissaire.

### Commission d'instruction publique ; — 19 messidor an II (7 Juillet 94)

*Rapport et projet d'arrêté au Comité de Salut public pour la fête du 26 messidor, époque anniversaire du 14 Juillet.*

La fête du 14 Juillet est la fête du peuple.

... Il est beau, il est utile de consacrer par une fête annuaire la mémoire de cet événement.

... Le temps n'a pas permis de dessiner avec quelque étendue, de faire exécuter avec quelque succès, la pompe d'un spectacle qui rappelât au peuple son triomphe; mais ce sera au moins marquer le but moral du Comité de Salut public, que de signaler ce jour comme un des jours chers à la patrie.

En conséquence, la Commission lui propose d'arrêter le programme suivant :

La fête du 14 Juillet sera la joie du peuple.

Tous les théâtres seront ouverts au peuple. La Commission indiquera les pièces de leur répertoire les plus analogues à la teinte de ce jour.

Après les spectacles, au soir, le Jardin national sera illuminé. L'Institut de musique y exécutera un concert... Il commencera à neuf heures du soir.

Signé au registre : Payan, commissaire.
Fourcade, adjoint.

Vu et approuvé, le 21 messidor an II, — 9 juillet :

Barère, Carnot, Saint-Just, Couthon, Billaud-Varennes.

x.

## II

### PLANS DES FÊTES DE DAVID

### I

*Rapport et décret sur la fête de la réunion républi-*
*caine du 10 août, présenté à la Convention nationale,*
*le 11 juillet 1793.*

... Ne vous étonnez pas, citoyens, si dans ce rapport
je me suis écarté de la marche usitée jusqu'à ce jour. Le
génie de la liberté, vous le savez, n'aime pas les entraves.
Réussir est tout, les moyens pour y parvenir sont indif-
férents. — Peuple magnanime et généreux, peuple français,
c'est toi que je vais offrir en spectacle aux yeux de l'Éternel... Amour de l'humanité, liberté, égalité, animez mes
pinceaux.

Les Français réunis pour célébrer la fête de l'unité et
de l'indivisibilité, se lèveront avant l'aurore; la scène touchante de leur réunion sera éclairée par les premiers rayons
du soleil...

*Première station et ordre du cortège.* Sur l'emplacement
de la Bastille, devant la fontaine de la Régénération, représentée par la Nature, pressant ses mamelles. Le président de
la Convention y fera une libation. Puis tous les commissaires des envoyés des Assemblées primaires boiront à tour
de rôle, dans la même coupe, « au son de la caisse et de la
trompe ». Après quoi, « ils se donneront le baiser fraternel ».
Ils se mettront en marche. En tête, les Sociétés populaires

174

avec une bannière, « sur laquelle sera peint l'œil de la surveillance pénétrant un épais nuage ». Puis, la Convention,
chaqun des membres portant un bouquet d'épis de blés et
de fruits. Huit d'entre eux porteront sur un brancard une
arche ouverte, avec les tables des Droits de l'Homme et l'Acte
Constitutionnel. Autour de la Convention, les commissaires
des envoyés des Assemblées primaires des 86 départements
formeront une chaîne, unis par un cordon tricolore, et
tenant une pique avec une banderolle au nom du département, et une branche d'olivier. *Puis, viendra « toute la
masse respectable du Souverain », tous confondus, les
maires à côté des bûcherons et des maçons; « le noir Afri-
cain, qui ne diffère que par la couleur, marchera à côté du
blanc Européen; les intéressants élèves de l'Institution des
Aveugles, traînés sur un plateau roulant, offriront le spectacle touchant du Malheur honoré. Vous y serez aussi,
tendres nourrissons de la maison des Enfants trouvés,
portés dans de blanches barcelonnettes; vous commence-
rez à jouir de vos droits civils trop justement recou-
vrés...* » Enfin viendra un char de triomphe, formé par une
charrue, « sur laquelle seront assis un vieillard et sa
vieille épouse, traînés par leurs propres enfants ». Un
groupe militaire suivra, conduisant un char attelé de huit
chevaux blancs, et contenant l'urne des cendres des héros
morts pour la patrie, au milieu de leurs parents « de tout
âge et de tout sexe », avec des couronnes de fleurs. L'armée
fermera la marche, encadrant des tombereaux revêtus de
tapis parsemés de fleurs de lys, et chargés des dépouilles
des vils attributs de la royauté et de la noblesse, avec
l'inscription : « Peuple, voilà ce qui a fait toujours le
malheur de la société humaine ».

*Seconde station*. Boulevard Poissonnière. Sous un arc de
triomphe, les héroïnes des 5 et 6 octobre 1789, seront assises
sur leurs canons, des branches d'arbre à la main. Le président de la Convention leur remettra une branche de
laurier.

*Troisième station*. Place de la Révolution. On fera l'inauguration d'une statue de la Liberté, entourée d'une masse

175

imposante de chênes touffus, aux branches desquels le peuple suspendra des rubans tricolores, des bonnets de la liberté, des hymnes, des inscriptions, des peintures. Aux pieds de la statue, sera dressé un énorme bûcher, avec des gradins au pourtour. On y brûlera les imposteurs attributs de la royauté. Les 86 commissaires, une torche à la main, mettront le feu. Et aussitôt après, « *des milliers d'oiseaux rendus à la liberté, portant à leur col de légères banderolles, porteront au ciel le témoignage de la liberté rendue à la terre* ».

*Quatrième station.* Place des Invalides. Une figure colossale s'élèvera sur une montagne : c'est « le Peuple français, de ses bras vigoureux rassemblant le faisceau départemental; l'ambitieux fédéralisme sortant de son fangeux marais, d'une main écartant les roseaux, s'efforce de l'autre d'en détacher quelque portion ; le Peuple français l'aperçoit, prend la massue, le frappe, et le fait rentrer dans ses eaux croupissantes, pour n'en sortir jamais ».

*Cinquième et dernière station.* Champ-de-Mars. On y entrera par un portique, où « deux Termes, symboles de l'égalité et de la liberté, tiendront une guirlande tricolore tendue, à laquelle sera suspendu un vaste niveau, le niveau national, planant sur toutes les têtes indistinctement ». Le cortège montera sur l'autel de la Patrie, et chacun y attachera son offrande, les fruits de son travail. On déposera sur l'autel les actes de recensement des votes des Assemblées primaires. Le peuple fera serment de défendre la Constitution jusqu'à la mort. Salve générale. Les 86 commissaires remettront au président de la Convention la portion du faisceau qu'ils ont porté. Le président les rassemblera toutes avec un ruban tricolore, les remettra au peuple, avec l'arche de la Constitution, et dira : « Peuple, je remets le dépôt de la Constitution sous la sauvegarde de toutes les vertus. » Et des baisers fraternels mille fois répétés termineront cette scène. — L'urne des cendres héroïques, couronnée de lauriers, sera déposée dans un endroit désigné, où sera élevée une superbe pyramide. Un banquet frugal et fraternel aura lieu sur l'herbe.

*« Enfin il sera construit un vaste théâtre, où seront représentés, par des pantomimes, les principaux événements de notre Révolution. »* (1)

## II

*Rapport sur la fête de la reprise de Toulon. — 5 nivôse an II*
*(25 décembre 93)*

Le plan de David comprend un défilé triomphal : Cavalerie, trompettes, sapeurs; 48 canons; tambours; sociétés populaires et comités révolutionnaires; tambours; les vainqueurs de la Bastille. *Quatorze ch s pour les blessés* (pour les quatorze armées). Autour, des jeunes filles en blanc, avec des ceintures tricolores, et portant une ranche de laurier. Hymnes à la Victoire. Puis, la Convention. Tambours. Musique. Char de la Victoire, rempli des drapeaux enlevés à l'ennemi. Cavalerie, trompettes. Musique belliqueuse.

## III

*Rapport sur la Fête de l'Être Suprême. — 19 prairial an II*
*(7 juin 94)*

[Le rapport proprement dit, est précédé d'un long discours emphatique que Taine, avec plus d'habileté que de bonne foi, a pris comme spécimen de l'éloquence et des fêtes de la révolution. Voici quelques-uns des passages les plus ridicules :]

---

(1) David ajoutait que les citoyens les plus vertueux logeraient les envoyés des départements, avec une indemnité du gouvernement, et que leurs maisons auraient, à cette occasion, le privilège d'être décorées de guirlandes de chêne.

La Convention vota 1.200.000 livres pour cette fête. — Le spectacle patriotique offrit le simulacre du bombardement de la ville de Lille, pour lequel on avait construit une forteresse sur les bords de la Seine.

L'aurore annonce à peine le jour, et déjà les sons d'une musique guerrière retentissent de toutes parts, et font succéder au calme du sommeil un réveil enchanteur. A l'aspect de l'astre bienfaisant qui vivifie et colore la nature, amis, frères, enfants, vieillards et mères s'embrassent et s'empressent à l'envi d'orner et de célébrer la fête de la Divinité... La chaste épouse tresse de fleurs la chevelure flottante de sa fille chérie, tandis que l'enfant à la mamelle presse le sein de sa mère dont il est la plus belle parure ; le fils aux bras vigoureux se saisit de ses armes, il ne veut recevoir de baudrier que des mains de son père ; le vieillard souriant de plaisir, les yeux mouillés des larmes de la joie, sent rajeunir son âme et son courage en présentant l'épée aux défenseurs de la liberté. — Cependant l'airain tonne ; à l'instant les habitations sont désertes, elle restent sous la sauvegarde des lois et des vertus républicaines : le peuple remplit les rues... Les groupes divers, parés des fleurs du printemps, sont un parterre animé dont les parfums disposent les âmes à cette scène touchante. — Les tambours roulent ; tout prend une forme nouvelle. Les adolescents armés de fusils forment un bataillon carré autour du drapeau de leurs sections respectives. Les mères quittent leurs fils et leurs époux ; elles portent à leur main des bouquets de roses ; leurs filles, qui ne doivent jamais les abandonner que pour passer dans les bras de leurs époux, les accompagnent et portent des corbeilles remplies de fleurs. Les pères conduisent leurs fils, armés d'une épée ; l'un et l'autre tiennent à la main une branche de chêne. Tout est prêt pour le départ...

[Après ce préambule grotesque, qui n'a d'autre objet que d'étaler la rhétorique, la poésie et les vertus de David, le peintre expose son plan sur le même ton oratoire :]

En premier lieu, s'élèvera au Jardin national, un amphithéâtre destiné aux membres de la Convention. Au bas, un monument, « où le monstre désolant de l'Athéisme est soutenu par l'Ambition, l'Égoïsme, la Discorde, et la fausse Simplicité, qui, à travers les haillons de la misère, laisse

178

entrevoir les ornements dont se parent les esclaves de la royauté ». Sur leur front est écrit : « Seul Espoir de l'Étranger ». — Le président de la Convention y mettra le feu avec un flambeau. Des débris s'élève la Sagesse, aux sons d'un chant simple et joyeux.

Puis le peuple se mettra en marche, tambours et trompettes en tête ; en deux colonnes parallèles, les hommes d'un côté, les femmes de l'autre. Les adolescents formeront un bataillon carré. Le rang des sections sera déterminé par l'ordre alphabétique. Les représentants de la Convention porteront chacun un bouquet d'épis de blé, de fleurs et de fruits. « Ils sont environnés par l'enfance ornée de violettes, l'adolescence de myrte, la virilité de chêne, et la vieillesse de pampres et d'olivier ». Au centre, quatre taureaux couverts de festons et de guirlandes traînent un char, sur lequel est un trophée d'instruments des arts et métiers, et des productions agricoles.

On arrive enfin au champ de la Réunion. Là se dresse une montagne. Au sommet, l'arbre de la Liberté. « Les représentants s'élancent sous ses rameaux protecteurs. » Les hommes se groupent d'un côté, les femmes de l'autre. La musique commence. La première strophe, contre les ennemis de la République, est chantée par les hommes, et reprise en chœur par tout le peuple. La seconde strophe est chantée par les femmes. La troisième, par le peuple tout entier. « Tout s'émeut, tout s'agite sur la montagne... Ici, les mères pressent les enfants qu'elles allaitent ; là, saisissant les plus jeunes de leurs enfants mâles, elles les présentent en hommage à l'auteur de la Nature. Les jeunes filles jettent vers le ciel les fleurs qu'elles auront apportées, seules propriétés dans un âge aussi tendre. » Les fils prêtent un serment guerrier. Les vieillards donnent leur bénédiction paternelle. Décharges d'artillerie, et chants guerriers...

[Mais cet insupportable et prétentieux bavardage est suivi d'un *Détail des cérémonies et de l'ordre à observer dans la fête*, qui est beaucoup plus précis et plus pratique. J'y note *l'ordre de la marche* :]

179

Cavalerie et trompettes. Sapeurs et pompiers. Canonniers. 100 tambours et élèves de l'Institut national. 24 sections sur 2 colonnes, chacune de six personnes de front, les hommes à droite, les femmes et les enfants à gauche, les bataillons d'adolescents au centre, avec un corps de musique. Puis, un groupe de vieillards, de mères de famille, d'enfants, de jeunes filles, et d'adolescents armés de sabres, choisis par les sections, qui se placeront sur la montagne du Champ de Mars. Un corps de musique. La Convention, avec les attributs mentionnés plus haut. Au centre, le char traîné par 8 taureaux couverts de guirlandes. 100 tambours. 24 sections, comme plus haut : au milieu d'elles, le char des enfants aveugles, exécutant l'hymne à la Divinité, de Deschamps et Bruny. Enfin la cavalerie. — La route suivie est : le Jardin national, le pont-tournant, un circuit autour de la statue de la Liberté, le pont de la Révolution, la place des Invalides, l'avenue de l'École militaire, et le champ de la Réunion. — Une fois tout le monde rangé autour de la montagne, le corps de musique exécute l'hymne à la Divinité. Puis, une grande symphonie. Ensuite, sur l'air de la Marseillaise, trois strophes chantées, la première par les vieillards et les adolescents, la seconde par les mères de famille et les jeunes filles, la troisième par la montagne tout entière. « *Les trompettes placés sur le haut de la colonne élevée sur la montagne indiqueront au peuple répandu dans le champ de la Réunion, le commencement de chaque strophe et le moment où sera chanté en chœur le refrain.* Les vieillards, les adolescents, les mères de famille, et les jeunes filles, placés sur la montagne, seront guidés pour le chant de chaque strophe par le chœur de musique. » (1)

(1) Le ridicule de cette rhétorique ne saurait faire oublier le sentiment puissant et nouveau de la Foule, comme élément essentiel de ces Actions dramatiques, et l'intelligence pratique de David dans le maniement de ces énormes masses populaires. Et en fait, ces plans furent exécutés avec succès. Ce qui fut beau, c'est que « le peuple y joua le principal rôle », comme dit David. Il en eut le sentiment d'instinct, et il le joua bien.

## IV

*Rapport sur la fête de Bara et Viala ; — 23 messidor an II
(11 Juillet 94)*

[Ce rapport est également précédé d'un discours d'une
emphase insupportable, et plus odieusement ridicule encore
que celui du 19 prairial. Après une suite d'invectives contre
les tyrans, de prosopopées aux ombres des martyrs, et
de narrations de collège, David en arrive au *Plan de la
fête :*]

Elle devait avoir lieu à 3 heures de l'après-midi. Au
Jardin national, le président de la Convention prononce
un discours, et remet les urnes de Viala et de Bara à
*des députations d'enfants, âgés de 11 à 13 ans, et de mères,
dont les enfants étaient morts pour la liberté.* A 5 heures,
ces députations des mères et des enfants se mettent en
marche, sur deux colonnes. Au centre, les artistes des
théâtres, en six groupes : musique instrumentale, chanteurs, danseurs, chanteuses, danseuses, poètes récitant des
vers.—Puis, les représentants du peuple, entourés des soldats
blessés. Le président de la Convention donne la main
droite à l'un d'eux, la gauche à la mère de Bara. Puis, le
peuple. — La musique exécute des marches funèbres. « Les
chanteurs exprimeront nos regrets par des accents plaintifs.
Les danseurs dans des pantomimes lugubres et militaires. —
On s'arrête. Tout se tait. Tout à coup, le peuple élève la
voix, et par trois fois s'écrie : Ils sont morts pour la patrie. »
— Arrivés devant le Panthéon, la Convention se place sur
les degrés du temple; les jeunes enfants, les musiciens, les
chanteurs, les danseurs et les poètes, du côté des cendres
de Viala ; les mères, les musiciennes et les danseuses, du
côté des cendres de Bara. Les urnes sont déposées sur un
autel, au milieu de la place. « Autour, les jeunes danseuses
forment des danses funèbres qui retracent la plus profonde
tristesse ; elles répandent des cyprès sur les urnes. » Des
chants s'élèvent contre le fanatisme. — Il se fait un

nouveau silence. *L+ président embrasse les urnes, et
proclame l'immortailté pour Bara et pour Viala. Les
portes du Panthéon s'ouvrent. « Tout change. Allégresse.
Le peuple, par trois fois, fait entendre ce cri : Ils sont
immortels ! »* Canon. Jeux. Danses joyeuses et martialec.
Vers déclamés par les poètes. Évolutions militaires. Discours du président de la Convention au peuple. Les mères
portent l'urne de Bara au Panthéon, et les enfants celle
de Viala. — Puis le cortège repart, pour le Jardin national,
où le président fait un nouveau discours aux mères et aux
jeunes soldats. (1)

(1) Le rapport de David fut envoyé aux écoles primaires, aux
armées, et aux sociétés populaires. — On sait que la fête n'eut pas
lieu. Le 9 thermidor mit fin à tous ces projets.

# III

## LES REPRÉSENTATIONS DE MAI (MAGGI)
### EN TOSCANE

Un des exemples les plus rares de la continuité des traditions populaires au théâtre est fourni par les *Maggi* (représentations de Mai) dans la campagne de Toscane. Ces spectacles sortent directement des fêtes de Mai, célébrées dans l'antiquité. Sous leur forme dramatique, qui s'est conservée jusqu'à nos jours, ils semblent dater du quatorzième ou quinzième siècle. Les plus anciens manuscrits qu'on en ait gardés, remontent, d'après M. Alessandro d'Ancona, à 1770. Les auteurs et acteurs sont des paysans des environs de Pise, Lucques, Pistoie, Sienne, etc.

Les *Mai* sont écrits en stances de quatre vers de huit syllabes, rimant le premier avec le quatrième, le second avec le troisième. Ces stances sont chantées sur une sorte de cantilène perpétuelle, lente, uniforme, avec quelques trilles et passages de bravoure. Ce sont des airs traditionnels, qui se reproduisent souvent, de *Mai* en *Mai*.

Les sujets des *Mai* sont héroïques ou religieux. On n'en connaît qu'un seul qui soit emprunté à l'histoire moderne. C'est un *Louis XVI*. Il est des plus intéressants ; il montre comment la Révolution française se répercutait dans ces cerveaux de paysans italiens. Elle est représentée sous la forme d'une rébellion féodale, conduite par quelques courtisans ou soldats ambitieux, qui se nomment *Moratte* (Marat), *Datore* (Danton), et *Mirabó*. Le Dix Août devient un simple duel entre *Mirabó* et un capitaine du roi. Mo-

183

*ratte* représente l'Assemblée, qui ordonne qu'on enlève la couronne de la tête du roi,

> *la corona di su l capo*
> *e sia alfin dec ipitato :*
> *cosi vuole il Parlamento.*

> (et qu'il soit à la fin décapité :
> ainsi le veut le Parlement.)

*Datore* fait le procès, sur l'ordre de *Mirabò*. Un soldat coupe la tête de Louis XVI. Après quoi, *Moratte* ordonne qu'on chante et qu'on danse :

> *Or con brio, con mille canti,*
> *si cominci festa grande.*

> (Or qu'avec brio, avec mille chants,
> on commence une grande fête.)

Mais, pour la morale de la pièce, les soldats se repentent à la fin, et demandent pardon à Dieu :

> *Chieggo a voi scusa e perdono*
> *di tal fatto cosi orrendo ;*
> *Solo Iddio giusto e tremendo*
> *lasciam giudice del trono.*

> (Je vous demande excuse et pardon
> de tel fait aussi abominable ;
> laissons Dieu, juste et redoutable
> être seul juge du trône.)

— Voir le beau livre de M. Alessandro d'Ancona : *Origini del teatro in Italia*, 1877. — M. d'Ancona a non seulement étudié les manuscrits des *Maggi*, mais il a pu connaître les auteurs de certains d'entre eux : un particulièrement, qui avait écrit l'*Incendie de Troie*, et qui était maçon dans le petit village d'Asciano. Cet homme ne connaissait pas les récits antiques, mais il était tout plein du souffle de l'ancienne poésie chevaleresque. On sait combien nos chansons de gestes, nos poèmes français du Moyen-Age, se sont perpétués dans l'imagination et dans les récits des campagnes italiennes.

# IV

## LE THÉATRE DU PEUPLE DE BUSSANG

Le premier essai fait en France d'un théâtre du Peuple eut lieu, grâce à Maurice Pottecher, le premier septembre 1895 à Bussang, — village d'environ 1.800 habitants, près de la source de la Moselle et du col de Bussang, qui sert aujourd'hui de frontière entre l'Alsace et la France. Le Théâtre s'élève sur le versant d'une colline, un peu au-dessus du village. Sur la façade de la scène est inscrite la devise : *Par l'Art, pour l'Humanité*. La scène a quinze mètres de largeur sur dix de hauteur et dix de profondeur. Elle est construite en bois et fer ; le fronton est recouvert d'écorces de sapins. Parfois les décors du fond sont enlevés, et la montagne même, à laquelle le théâtre est adossé, sert de décor naturel à l'action. La prairie qui s'étend au pied de la scène, et qui a été peu à peu entourée de galeries couvertes, peut contenir plusieurs milliers de spectateurs. Les acteurs sont composés de parents et d'amis de l'auteur, d'ouvriers d'usine, d'employés, et de petits bourgeois de Bussang. Les représentations ont lieu chaque année, dans la seconde quinzaine d'août, ou au commencement de septembre. L'une des représentations est gratuite ; l'autre, payante : celle-ci est une sorte de répétition générale, où l'on donne pour la première fois les pièces nouvelles, qui seront jouées ensuite en spectacle gratuit. Voici la liste des pièces représentées par le *Théâtre du Peuple* de Bussang depuis sa fondation. Leur seule nomenclature dira l'extrême variété du répertoire, qui est presque tout entier l'œuvre de Maurice Pottecher :

1895. *Le Diable marchand de goutte*, pièce populaire en trois actes, par Maurice Pottecher.

1896. *Morteville*, drame en trois actes, par Pottecher.

1897. *Le Sotré de Noël*, farce rustique en trois actes, mêlée de chants et de rondes populaires, par Richard Auvray et Maurice Pottecher, musique de Charles Lapicque et Lucien Michelot.

1898. *Liberté*, drame en trois actes, suivi de *Le Lundi de la Pentecôte*, comédie en un acte, par Pottecher.

1899. *Chacun cherche son trésor*, histoire de sorciers en trois actes, par Pottecher, musique de Lucien Michelot.

1900. *L'héritage*, tragédie rustique en prose, par Pottecher.

1901. *C'est le Vent*, comédie villageoise en trois actes, par Pottecher.

1902. *La tragédie de Macbeth*, de Shakespeare, traduite par Pottecher.

1903. *A l'Écu d'Argent*, comédie en trois actes, par Pottecher.

Antoine vint, en 1901, donner une représentation de *Poil de Carotte*, au *Théâtre du Peuple* de Bussang. — Voir sur l'œuvre de Bussang, dont l'initiative a été décisive pour le succès de la cause du théâtre populaire en France, le très intéressant livre de Maurice Pottecher : *Le Théâtre du Peuple (Renaissance et destinée du théâtre populaire)*, 1899, — et son article du premier juillet 1903, à la *Revue des Deux Mondes*.

## V

TEXTES RELATIFS AUX TRAVAUX DE LA
« REVUE D'ART DRAMATIQUE »
POUR FONDER A PARIS UN THÉÂTRE DU PEUPLE

*Projet de circulaire rédigé en mars-avril 1899, pour provoquer la réunion d'un Congrès international de théâtre populaire.*

L'art est en proie à l'égoïsme et à l'anarchie. Un petit nombre d'hommes en ont fait leur privilège, et en tiennent le peuple écarté. La partie la plus nombreuse et la plus vivante de la nation n'a point d'expression dans l'art. Il n'y a d'art que pour les blasés. Grand appauvrissement pour la pensée. Grand danger pour l'art. Car de l'assimiler aux jouissances exclusives d'une classe conduira tôt ou tard ceux qui en sont privés, à le haïr et à le détruire.

Pour le salut de l'art, il faut l'arracher aux privilèges absurdes qui l'étouffent, et lui ouvrir les portes de la vie. Il faut que tous les hommes y soient admis. Il faut enfin donner une voix aux peuples, et fonder le théâtre de tous, où l'effort de tous travaille à la joie de tous. Il ne s'agit pas d'élever la tribune d'une classe : prolétariat, ou élite intellectuelle; nous ne voulons être les instruments d'aucune caste : religieuse, politique, morale, ou sociale ; nous ne voulons rien supprimer du passé ou de l'avenir. Tout ce qui est, a droit à s'exprimer, et nous accueillons toutes les pensées, pourvu seulement qu'elles soient des pensées de vie, et non de mort, pourvu qu'elles accroissent la puissance d'action de l'humanité. Loin d'en écarter aucune, nous

187

cherchons à les grouper et à les fondre. L'art d'aujourd'hui
est anarchique ; tout y est confus, émietté, sans lien. La vie
est d'un côté, et l'intelligence de l'autre. Ici la poésie, là
le sens commun. Et r en ne vit, et ce sont des monstres
informes qui aspirent vainement à la lumière. — Unissons
nos forces. Travaillons à rétablir l'unité dans l'art et dans
les esprits. Appelons tous les hommes au *Théâtre du Peuple*.
Que chacun, sans rien abdiquer de soi-même, y apporte sa
personnalité, — l'un ses facultés d'action, son énergie, sa
volonté, — l'autre, son intelligence, son goût, ses sens
affinés, — et qu'ils s'enrichissent mutuellement de leurs
âmes mêlées en une émotion fraternelle.

Forts de cette foi dans la cause de l'Art populaire, nous
entreprenons de grouper les multiples efforts, disséminés
dans toute l'Europe, pour fonder un théâtre du peuple. Nous
voudrions leur fournir un terrain de discussion générale
et d'entente, en conviant nos amis Européens à un congrès
d'études et d'action, qui se tiendrait à Paris, pendant l'Exposition universelle de 1900, et en préludant à ce congrès,
dès à présent, par une *Enquête sur le théâtre populaire*.

Cette enquête se présente sous trois formes différentes :

1. — Nous nous adressons à toutes les bonnes volontés.
Nous faisons appel à toutes les communications, ayant
trait au théâtre populaire. Ces communications seront soi-
gneusement étudiées, analysées, publiées s'il y a lieu.

2. — Nous demandons à tous les fondateurs de théâtres
populaires l'historique de leurs entreprises, et les réflexions,
les desiderata, qui leur auront été suggérés par leur action.

3. — Nous nous permettons d'indiquer un certain nombre
de questions relatives à l'organisation du théâtre populaire, — sur lesquelles nous demandons à nos amis, soit
une réponse écrite, aussi détaillée que possible, soit des
réflexions qui seront oralement apportées aux séances du
Congrès, et soumises à la discussion générale.

Nous ne nous flattons pas que de cet échange de pensées
sorte tout armée l'œuvre d'art nouvelle. Mais nous travaillons à lui frayer la voie, en créant les conditions

matérielles et morales, sans lesquelles cette œuvre ne peut se produire. Nous désirons de plus établir par notre congrès une entente durable entre tous ceux qui croient en l'art populaire. Nous espérons faire sortir de cette entente l'ébauche d'une organisation du théâtre populaire par toute l'Europe, et la fondation de théâtres d'essai, où seront appliquées les idées du Congrès.

Nous appelons à nous tous ceux qui se font de l'art un idéal humain, et de la vie un idéal fraternel. A tous ceux qui ne veulent point séparer le rêve de l'action, le vrai du beau, le peuple de l'élite.

Qu'on ne s'y trompe pas: il ne s'agit pas ici d'une tentative littéraire. C'est une question de vie ou de mort pour l'art et pour le peuple. Car, si l'art ne s'ouvre pas au peuple, il est condamné à disparaître ; et si le peuple ne trouve pas le chemin de l'art, l'humanité abdique ses destinées.

[Le questionnaire qui faisait suite à ce discours-manifeste a été repris, à peu près exactement, par la *Revue d'art dramatique*, et les principaux journaux, à sa suite, en novembre 1899.] (1)

Le 5 novembre 1899, la *Revue d'art dramatique* publia une *lettre au ministre de l'instruction publique*, rédigée par Lucien Besnard. Elle le priait d'appuyer les efforts de la Revue, pour créer un théâtre populaire à Paris, et pour étudier au préalable l'organisation des autres théâtres populaires de l'étranger. Elle annonçait de plus l'ouverture d'un concours, dont le prix de 500 francs serait donné à l'auteur du meilleur projet de théâtre populaire ; elle constituait, pour l'examiner, un Comité composé de : Henry Bauer, Lucien Besnard, Maurice Bouchor, Georges Bourdon, Lucien Descaves, Robert de Flers, Anatole France, Gustave Geffroy, Jean Jullien, Louis Lumet, Octave Mirbeau, Maurice Pottecher, Romain Rolland,

(1) A ces séances de mars-avril 1899, prenaient part Lucien Besnard, directeur de la *Revue d'art dramatique*, Maurice Pottecher, Gabriel Trarieux, et Romain Rolland.

Camille de Sainte-Croix, Édouard Schuré, Gabriel Trarieux, Jean Vignaud, Émile Zola.

Le Comité se réunit à la *Revue d'art dramatique*, 5, rue de Rougemont, les 16, 22, et 29 novembre, 5, 6, 8, 12, 16, 20 décembre 1899, 19 janvier et 2 février 1900.

Y prirent part, plus ou moins active, tous les écrivains ci-dessus mentionnés, sauf Maurice Bouchor, Anatole France et Émile Zola. — Le Comité publia le questionnaire suivant :

### PROJET DE THÉATRE POPULAIRE A PARIS

1. — *Conditions matérielles et économiques.*

*a.* Sera-t-il ambulant ou fixe ? S'il est fixe, peut-il s'accommoder des édifices actuellement existants ? Dans l'affirmative, lequel doit être préféré ? Raisons, et moyens d'adaptation. — Dans la négative, quelle forme nouvelle de construction réclame-t-il ? Dresser autant que possible, le plan et les devis des dépenses de la construction nouvelle.

*b.* Sera-t-il gratuit ou payant ? de jour ou de nuit ? quotidien, ou hebdomadaire, ou à des intervalles éloignés et des occasions solennelles ? — Quel sera le mode de représentation ? — Par une troupe d'acteurs fixes, ou par des troupes se succédant par périodes régulières, comme dans certains théâtres étrangers (Italie), ou par la participation effective du peuple aux représentations, comme aux théâtres populaires de Bussang, de Suisse, des campagnes bavaroises ?

*c.* Quel mode d'administration ? Collectif ou unitaire ? Un directeur, ou un Comité ? (Quels seraient les pouvoirs de l'un ou de l'autre, ou de l'un et de l'autre ?)

*d.* A quelles ressources convient-il de s'adresser de préférence pour fonder le théâtre populaire de Paris ? Souscription nationale, capitaux, ou protection de l'État ?

2. — *Conditions artistiques.*

*a.* Quel répertoire convient au théâtre populaire de Paris ? Existe-t-il un répertoire dans le passé ? Lequel ? —

Comment en constituer un nouveau ? — Examiner les différents modes existants pour la lecture et le choix des œuvres dramatiques : directeur, jury de comédiens, jury de littérateurs. — N'y aurait-il pas lieu de faire participer le peuple au choix des pièces, — par des concours publics, par exemple ?

*b.* Le répertoire du théâtre populaire de Paris sera-t-il purement parisien ou français, — ou bien les traductions étrangères y auront-elles droit de cité ? — Devra-t-il prendre part au mouvement politique, ou s'ouvrira-t-il à tout idéal, quel qu'il soit ?

*c.* Le théâtre populaire sera-t-il uniquement littéraire, — ou faut-il faire une place à la musique, soit sous forme de drame lyrique, soit sous forme de concerts ? — Y aurait-il lieu de l'ouvrir à tous les arts ? Serait-il ainsi, non seulement le théâtre, mais la Maison d'art du peuple, — Louvre, Conservatoire, et Théâtre français réunis ?

[Le 25 novembre, une délégation du comité, composée de Lucien Besnard, Georges Bourdon, Robert de Flers, Octave Mirbeau, Romain Rolland, Gabriel Trarieux et Jean Vignaud, fait visite au ministre de l'instruction publique, Leygues, qui promet son aide efficace.

Mais aussitôt après, commence le désaccord, dans le sein du comité, entre les partisans de l'ingérence de l'État, et les partisans de l'indépendance de l'œuvre. Le délégué du ministre, M. Adrien Bernheim, se met, le 6 décembre, en rapports avec le comité. Il propose la participation effective, au théâtre populaire, de l'Opéra et de la Comédie française. Ces projets se heurtent à l'opposition de la fraction la plus avancée du comité, qui, plus intolérante, ou plus clairvoyante, soupçonne le gouvernement de vouloir accaparer le théâtre populaire.

Cependant, M. Bernheim part pour étudier les théâtres populaires d'Allemagne, et le comité continue ses essais d'organisation. Il adopte le principe d'un Comité de direction, de 9 membres au maximum, renouvelable par tiers tous les deux mois, élu par le comité dit des fondateurs. Ce Comité de direction choisirait les pièces et nommerait le directeur, qui serait choisi pour deux ou trois ans, et rééligible. — S'il était possible de bâtir un théâtre nouveau, il devrait être à places égales, tarifé à 1 franc, et gratuit certains jours de fêtes. A défaut d'un théâtre nouveau, si l'on devait, pour commencer, se contenter d'un des anciens théâtres, on adopterait trois tarifs : o franc 5o, 1 franc et 1 franc 5o, au maximum 2 francs. Parmi les diverses salles, ou emplacements, qui semblent le mieux convenir à l'établissement d'un théâtre populaire, on désigne l'Ambigu, Ba-ta-clan, le Cirque d'hiver, le Marché du Temple (qui devait être alors exproprié), la cour des Messageries, près de la place du Château d'Eau, le Marché de l'Ave-Maria, près du quai des Célestins. — En même temps, le Comité étudiait les manuscrits reçus pour le concours (une vingtaine), et il en réservait trois. Il attribua trois prix : le premier à Eugène Morel, dont le *projet de théâtres populaires* fut publié par la *Revue d'art dramatique* en décembre 1900, les autres à M. Onésime Got, et à l'auteur (1) d'un manuscrit, portant comme épigraphe : *Instruire pour révolter.*

Mais les efforts du comité se heurtèrent à l'indifférence du gouvernement; et le seul résultat immédiat de cette campagne fut l'inauguration par le ministre Leygues de l'université populaire de la rue Mouffetard, le dimanche 28 janvier 1900, avec le concours des quatre théâtres subventionnés. Cérémonie plus mondaine que populaire, où assistait une fraction infime de peuple, et qui fut la première ébauche des *galas populaires* de M. Bernheim. J'ai dit ailleurs ce qu'il fallait penser de ces parodies officielles du Théâtre Populaire, *ad usum Delphini*, à l'usage de l'État. — Les travaux de la *Revue d'art dramatique* devaient porter leurs fruits plus tard.]

(1) M. Alla.

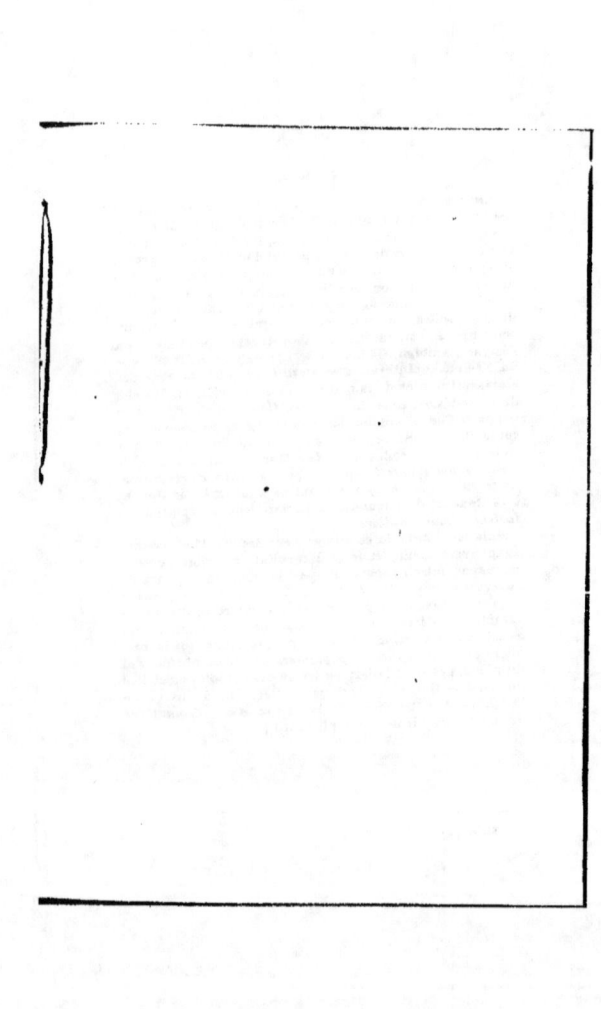

Depuis que les pages précédentes sont écrites, nous avons pu suivre les premiers essais des Théâtres populaires de Belleville et de Clichy. Le *Théâtre Populaire* de Belleville, qui en est à son quatrième mois d'existence, est très vivant. Parfaitement situé, au milieu d'une des populations ouvrières de Paris les plus denses et de l'esprit le plus éveillé, il a dès à présent son public, et même sa clientèle populaire, qui suit assidûment ses pièces. L'élément ouvrier y tient une grande place. J'ai eu l'occasion d'observer plusieurs fois ce public, aussi bien à des représentations de Sardou, qu'à des premières de Jean Jullien. J'ai été frappé de l'attention et du sérieux avec lesquels il suit les œuvres, exprimant souvent ses impressions tout haut, donnant raison à tel personnage, ne cachant pas son antipathie pour tel autre, prêt à applaudir et à huer tour à tour. On m'a dit que lorsqu'on lui joua *Danton*, il apostrophait vertement les personnages de la Révolution qui ne lui plaisaient pas : les Vadier, les Fouquier-Tinville. A la représentation de *Madame Sans-Gêne*, à laquelle j'ai assisté, j'ai vu l'instant où il allait siffler Napoléon, parce que Napoléon reprochait à l'héroïne d'avoir été blanchisseuse. Il prend parti toujours et partout; il ne saurait rester indifférent. Ce public populaire de Belleville est doué d'une intelligence vive; c'est en somme, parmi le peuple de France, une sorte de petite aristocratie populaire. Remarquez à une de ses représentations, à une de ses matinées du dimanche, ces figures de jeunes gens, de jeunes filles, aux traits fins, au teint pâle, souvent diaphane, presque tous étiolés par l'ouvrage de la semaine. Comme on y sent l'empreinte de conversations, de lectures, — faites au hasard, pêle-mêle, — d'expériences continuelles ! Quelles expressions aiguës, complexes, ironiques et soucieuses, aux sourires étranges, aux yeux intelligents et un peu troubles ! Sous ces visages transparents et mobiles, il semble qu'on voie passer des flots de désirs, de soucis, d'ironies changeantes. C'est vraiment le peuple très intelligent, — presque trop intelligent, — un peu morbide, des grandes villes. Et ce pourrait être très vite, après quelques années de bon théâtre, un public idéal, spirituel et passionné.

Le théâtre de Belleville n'a pas seulement un bon public populaire ; il a aussi une troupe intéressante. Il y a là naturellement des faiblesses, des inexpériences, mais aussi beaucoup de talents jeunes et ardents, ou de comédiens habiles ; et surtout elle offre une cohésion et une homogénéité remarquable ; l'ensemble se tient certainement mieux qu'à tel grand théâtre, comme l'Odéon. Quand on pense que, chaque semaine, on monte une pièce nouvelle, on a une sincère estime pour les courageux efforts de cette jeune troupe, et pour le talent de son directeur, M. E. Berny, qui en est l'âme.

*\*

Le *Théâtre du Peuple* de M. Henri Beaulieu, — ex-théâtre Moncey, 50 avenue de Clichy, — vient de s'ouvrir, le samedi 14 novembre, avec *Thérèse Raquin* de Zola, et *Lidoire* de Courteline. Il a de grandes qualités artistiques ; et le talent personnel de son direc-

teur et acteur suffirait déjà à le rendre intéressant. —
Peut-être sa situation est-elle moins avantageuse que
celle du Théâtre de Belleville, et aura-t-il plus à lutter
pour se constituer une clientèle populaire. De plus en
plus, je crois qu'une des premières préoccupations de
ceux qui cherchent à fonder un théâtre populaire doit
être d'abord d'étudier avec soin l'esprit du quartier
où ils s'établissent, et la clientèle habituelle de la
salle où ils veulent donner des représentations. Dans
une ville aussi vivante, et aussi complexe que Paris, il
y a autant de différences entre les quartiers, et parfois même entre les rues, qu'entre deux provinces de
France. Ce n'est pas que je ne croie qu'on ne puisse
arriver à transformer un public : c'est au contraire,
pour moi, l'objet de tout art qui vaut quelque chose,
de tout art qui répugne à cette basse courtisanerie du
public, que professent la plupart de nos critiques dramatiques d'aujourd'hui. Mais il y faut naturellement
beaucoup de temps et de peine.   Nous engageons
tous nos amis à soutenir les efforts si méritoires de
M. Beaulieu.

M. Beaulieu annonce un très vaste programme :

*Thérèse Raquin,* pièce en quatre actes, d'Émile
Zola;

*La Bonne Espérance,* quatre actes, de Heyermans et
Jacques Lemaire;

*Les Tisserands,* cinq actes, de Gerhard Hauptmann;

*La Robe Rouge,* quatre actes, de Brieux;

*L'Honneur,* quatre actes, de Sudermann;

*Les Trois Filles de M. Dupont,* trois actes, de
Brieux;

*Les Mauvais Bergers*, cinq actes, d'Octave Mirbeau;

*Les Loups*, trois actes, de Romain Rolland;

*Le Cloître*, trois actes, de Verhaeren;

*L'Argent*, trois actes, d'Émile Fabre;

*L'Assommoir*, cinq actes, d'Émile Zola;

*La Puissance des Ténèbres*, six actes, de Tolstoy. (Traduction Oscar Méténier);

*Le Petit Lord*, trois actes, de Jacques Lemaire;

*L'Arlésienne*, cinq actes, d'Alphonse Daudet (avec la musique de Bizet);

*Le Détour*, trois actes, de H. Bernstein;

*L'Enquête*, deux actes, de G. Henriot;

*La Vie Publique*, quatre actes, d'Émile Fabre;

*Médor*, trois actes, de Malin;

*Le 14 Juillet*, trois actes, de Romain Rolland;

*Monsieur Vernet*, deux actes, de Jules Renard;

*Boubouroche*, deux actes, de Courteline;

*Crainquebille*, trois actes, d'Anatole France;

*La Cage*, un acte, de Lucien Descaves;

*Le Négociant de Besançon*, un acte, de Tristan Bernard;

*Lidoire*, un acte, de Courteline;

*Poil de Carotte*, un acte, de Jules Renard;

*Le Gendarme est sans pitié*, un acte, de Courteline et Norès;

*La Demande*, un acte, de Jules Renard et Docquois;

*Jacques Damour*, un acte, d'Émile Zola;

*Le Portefeuille*, un acte, d'Octave Mirbeau;

*Les Chapons*, un acte, de Lucien Descaves et G. Darien;

*Tout pour l'Honneur*, un acte, d'Émile Zola et Henry Céard;

*L'Évasion,* un acte, de Villiers de l'Isle-Adam ;
*La Révolte,* un acte, de Villiers de l'Isle-Adam ;
*Son petit cœur,* un acte, de Louis Marsolleau ;
*La Pelote,* trois actes, de Lucien Descaves ;
*Le Fardeau de la Liberté,* un acte, de Tristan Bernard ;
*Les Souliers,* un acte, de Lucien Descaves ;
*Mademoiselle Fifi,* un acte, de Oscar Méténier ;
*Le Voile du Bonheur,* un acte, de Clemenceau ;

et des *Pièces nouvelles* de :

Brieux, Tristan Bernard, Lucien Besnard, Jacques Bizet, Bienstock, Claude Berton, Émile Fabre, Jean Jullien, Jacques Lemaire, de Lorde, Léopold Lacour, Romain Rolland, et Émile Verhaeren.

Le prix des places est de 2 francs pour les loges, 1 franc pour les fauteuils d'orchestre ou de balcon, et o franc 50 pour les galeries. Les enfants de 6 à 12 ans, accompagnés de leurs parents, entrent gratuitement, (samedis, dimanches et fêtes exceptés). La location est sans augmentation de prix. Les abonnements sont de 10 francs par carnet de douze fauteuils d'orchestre ou de balcon.

---

M. Amédée Catonné, secrétaire de rédaction de *l'Art pour tous,* a l'obligeance de nous communiquer les renseignements suivants sur une tentative récente de Théâtre populaire provincial : le *Théâtre du Peuple* de Neuvy-sur-Loire (Nièvre).

En avril 1901, à Neuvy, quelques amis : MM. le docteur A. Charpentier, Ludovic Bédu, Quétin, Cimetierre, et Desenne, eurent l'idée, à la suite d'une représentation de Courteline, donnée par eux au profit des pauvres, de créer un *Théâtre du Peuple*, qui fût une œuvre artistique et philanthropique à la fois. Elle devait avoir pour objet, d'après les termes mêmes de leur programme : « 1° de donner, quatre fois par an, des représentations dont les bénéfices seraient employés au soulagement immédiat de toutes les misères connues des membres participants à l'association ;

« 2° De développer dans la province la culture intellectuelle, et de contribuer à l'éducation morale. »

Ils firent appel aux bonnes volontés du pays, et cet appel fut entendu. Beaucoup d'ouvriers et de travailleurs des champs leur apportèrent leur concours. Des amis les aidèrent dans la construction d'un théâtre mobile, dressé dans la salle Chavannes. Des artistes brossèrent trois décors, dont une *Vue de Neuvy*.

Le 8 septembre 1901, ils donnèrent *la Mort du duc d'Enghien* de Hennique, *Jean-Marie* de Theuriet, et *Monsieur Badin* de Courteline. — En novembre 1901, le spectacle comprenait *Blanchette* de Brieux, et *Un Client sérieux* de Courteline. — Leur programme annonçait encore *l'Ennemi du Peuple* d'Ibsen, *les Remplaçantes* de Brieux, *Poil de Carotte* de Jules Renard, *Danton*, etc.

Cette œuvre semble s'être arrêtée en chemin ; mais il convenait de signaler une initiative aussi originale.

## BIBLIOGRAPHIE

ALLA. — Projet de théâtres populaires. *Revue d'art dramatique*. Avril, mai, juin, juillet 1901.

AULARD. — *Études et leçons sur la Révolution française*. 1893. Alcan.

ADRIEN BERNHEIM. — *Trente ans de Théâtre*. 1903. Charpentier.

E. BERNY. — Le Théâtre populaire de Belleville. *Revue d'art dramatique*. Juin 1903.

LUCIEN BESNARD. — Deux essais en France de théâtre populaire. *Revue d'art dramatique*. Septembre 1897.

LUCIEN BESNARD. — Lettre au Ministre de l'Instruction publique sur le théâtre populaire. *Revue d'art dramatique*. Novembre 1899.

LUCIEN BESNARD. — Le Théâtre populaire en 1900. *Revue d'art dramatique*. Janvier 1901.

MAURICE BOUCHOR. — *Lectures populaires*.

GEORGES BOURDON. — Le Théâtre du Peuple. (Enquête de la *Revue Bleue*. 25 janvier, 15 et 22 février, 5 et 12 avril, 10 mai 1902)

MARIE-JOSEPH CHÉNIER. — *Discours de la liberté du théâtre*. 1789.

HENRI CLOUZOT. — Le Théâtre populaire de Doué en Anjou, aux seizième et dix-septième siècles. *Revue d'art dramatique*. Juin 1902.

COMITÉ DE SALUT PUBLIC *(Recueil des Actes du)*, publiés et annotés par AULARD. Imprimerie Nationale.

COMITÉ D'INSTRUCTION PUBLIQUE DE LA CONVENTION NATIONALE *(Procès-verbaux du)*, publiés et annotés par J. GUILLAUME. Imprimerie Nationale.

Concours de Théâtre populaire. *Revue d'art dramatique.* Décembre 1899.

CONSTANT PIERRE. — *Musique des fêtes et cérémonies de la Révolution.* 1900. Imprimerie Nationale.

PIERRE CORNEILLE. — *Le Théâtre populaire poitevin.*

HENRI DARGEL. — Le Théâtre du Peuple à la Coopération des Idées. *Revue d'art dramatique.* Avril 1903.

HENRI DARGEL. — Le Théâtre du Peuple. *Le Volume.* 19 septembre 1903.

J.-L. JULES DAVID. — *Le peintre Louis David. Souvenirs et documents inédits.* 1880. Havard. 2 volumes in-folio.

DEHERME. — *Universités populaires.*

EUGÈNE DESPOIS. — *Le vandalisme révolutionnaire.* 1885. Alcan.

JULES DESTRÉE. — Les préoccupations intellectuelles, esthétiques et morales dans le parti ouvrier belge. *Mouvement Socialiste.* Premier et 15 septembre 1902.

JULES DESTRÉE. — Renouveau au théâtre. *Bibliothèque de propagande socialiste.*—Bruxelles, au journal *le Peuple.* 1902.

DIDEROT. — *Second entretien sur le Fils naturel.* 1757.

AUGUSTE EHRHARD. — Le Théâtre populaire en Autriche. *Revue d'art dramatique.* Juillet, août, septembre 1897.

Enquête sur la question sociale au théâtre. *Revue d'art dramatique.* Février-mars 1898.

## BIBLIOGRAPHIE

JEAN JAURÈS. — Le Théâtre et le socialisme. *Revue d'art dramatique*. Décembre 1900.

GEORGES JUBIN. — Le Théâtre populaire et le mélodrame. *Revue d'art dramatique*. Novembre 1897.

JEAN JULLIEN. — Quelques considérations sur l'art de faire du théâtre. *Revue d'art dramatique*. Septembre 1903.

LÉOPOLD LACOUR. — Au Théâtre d'Orange. Le présent et l'avenir. *Revue de Paris*. Premier septembre 1902, premier septembre 1903.

LOUIS LABTHET. — Gustave Charpentier et le Théâtre du peuple. *Revue d'art dramatique*. Novembre 1902.

CH. LE GOFFIC. — Le Théâtre populaire breton. *Revue d'art dramatique*. Octobre 1898.

A. LIBBY. — La presse révolutionnaire et la censure théâtrale sous la Terreur. *La Révolution française*. Octobre 1903.

LOUIS LUMET. — Le Théâtre civique. *Revue d'art dramatique*. Octobre 1898.

JULES MICHELET. — *L'Étudiant*. Cours de 1847-1848.

MONITEUR (*Réimpression de l'ancien*). 1840.

JEAN MOREL. — Le Théâtre alsacien. *Revue d'art dramatique*. Octobre 1902.

EUGÈNE MOREL. — *Projet de Théâtres populaires*. Couronné au concours institué par la *Revue d'art dramatique*. 1901. Ollendorf.

EUGÈNE MOREL. — Discours pour l'ouverture d'un théâtre populaire. *Revue d'art dramatique*. 15 octobre 1903.

H. PATRY. — Le Théâtre populaire protestant en Guyenne au seizième siècle. *Revue d'art dramatique*. Juin 1902.

MAURICE POTTECHER. — Renaissance et destinée du Théâtre populaire. *Revue d'art dramatique*. Octobre 1898.

### le théâtre du peuple

MAURICE POTTECHER. — Un Théâtre populaire à Paris. *Revue d'art dramatique.* Septembre 1899.

MAURICE POTTECHER. — *Le Théâtre populaire.* 1899. Ollendorff.

MAURICE POTTECHER. — Shakespeare au Théâtre du Peuple. *Revue d'art dramatique.* Juin 1902.

MAURICE POTTECHER. — Théâtre classique et Théâtre populaire. *Revue d'art dramatique.* Février 1903.

MAURICE POTTECHER. — Le Théâtre du Peuple. *Revue des Deux Mondes.* Premier juillet 1903.

Résurrection du Théâtre populaire en France. *Revue d'art dramatique.* Octobre 1898.

ROMAIN ROLLAND. — *Les origines du théâtre lyrique moderne. (Histoire de l'Opéra en Europe avant Lulli et Scarlatti)* Chapitre VI. 1895. Fontemoing.

ROMAIN ROLLAND. — Le Théâtre du Peuple et le Drame du Peuple. *Revue d'art dramatique.* Décembre 1900.

ROMAIN ROLLAND. — Les Précurseurs du Théâtre du Peuple. *Revue d'art dramatique.* Juin 1903.

ROMAIN ROLLAND. — L'Œuvre des Trente ans de Théâtre et les galas populaires. *Revue d'art dramatique.* Juillet 1903.

J.-J. ROUSSEAU. — *Lettre à M. d'Alembert (sur les spectacles).* 1758.

ALPHONSE SÉCHÉ. — A propos du Théâtre populaire. *Revue d'art dramatique.* Août 1903.

Théâtres en plein air (les). *L'Art du théâtre.* Octobre 1903.

JULIEN TIERSOT. — Les Fêtes de la Révolution française. *Ménestrel.* 1893-94.

GABRIEL TRARIEUX. — *La lanterne de Diogène (notes sur le théâtre).* 1902. Librairie Molière.

### BIBLIOGRAPHIE

HENRI TUROT. — Le Théâtre et le socialisme. *Revue d'art dramatique.* Octobre 1898.

GUSTAVE TÉRY. — *L'éducation du Peuple.*

JEAN VIGNAUD. — Dimanches populaires de poésie. *Revue d'art dramatique.* Mars 1899.

JEAN VIGNAUD. — Un Théâtre populaire à Berlin. *Revue d'art dramatique.* Octobre 1899.

JEAN VIGNAUD. — M. Bernheim et le Théâtre populaire. *Revue d'art dramatique.* Avril 1903.

MAURICE WOLFF. — *Les doctrines de l'éducation révolutionnaire (l'Œuvre sociale de la Révolution française).* Fontemoing.


Voir aussi les chroniques de MM. HENRY BAUER, LUCIEN DESCAVES, EUGÈNE FOURNIÈRE, GUSTAVE GEFFROY, JEAN JULLIEN, OCTAVE MIRBEAU, CAMILLE DE SAINTE-CROIX, — etc.


GEORGES HANTZ. — *La légende d'Anniviers* à Vissoye (une fête populaire). *Revue d'art dramatique.* 15 novembre 1903.

PAUL MARIÉTON. — *Le théâtre antique d'Orange*, éditions de la *Revue félibréenne*, 1903.

# TABLE

Rousseau, *lettre à d'Alembert sur les spectacles ;* Diderot, *paradoxe sur le comédien,
deuxième entretien sur le Fils naturel ;* les
Shakespeariens allemands de la *Sturm und
Drangperiode,* Gerstenberg, Herder, Goethe
adolescent ; Louis-Sébastien Mercier, *nouvel
essai sur l'Art dramatique, nouvel examen de
la Tragédie française ;* Bernardin de Saint-
Pierre, *treizième Étude de la Nature ;* Marie-
Joseph-Chénier, *Charles IX ;* Schiller ;

La Révolution française : le théâtre du peuple
préconisé par tous les partis ; rapport de David,
11 juillet 1793, pour la fête du 10 août ; 2 août
1793, proposition du comité de Salut public ;
adoptée par la Convention, après un discours
de Couthon ; décret de la Convention ; novembre
1793, après discours de Marie-Joseph Chénier
sur les fêtes populaires, Fabre d'Églantine fait
adopter l'idée de créer des *théâtres nationaux ;*
commission spéciale ; Bouquier, *plan général
d'Instruction publique ;* 4 pluviôse an II, la Convention répartit cent mille livres ; 12 pluviôse
an II, recommandation du comité de Sûreté
générale ; 25 pluviôse an II, demande de Boissy

Séance de la Convention nationale, du 4 pluviôse an II, — 23 janvier 1794, — président Vadier; décret.

Affiche des spectacles du même jour.

Comité de Salut public. — 20 ventôse an II, — 10 mars 1794.

Comité de Salut public. — 5 floréal an II, — 24 avril 1794.

Séance de la Convention nationale, du 18 floréal an II, — 7 mai 1794, — *discours de Robespierre* sur les rapports des idées religieuses et morales avec les principes républicains et sur les fêtes nationales.

Dans ce discours, proposition de décret sur les fêtes populaires.

Comité de Salut public. — 21 floréal an II, — 10 mai 1794.

Comité de Salut public. — 25 floréal an II, — 14 mai 1794.

Comité de Salut public. — 27 floréal an II, — 16 mai 1794.

Comité de Salut public. — 18 prairial an II, — 6 juin 1794; — arrêté.

Commission d'instruction publique. — 5 messidor an II, — 23 juin 1794; — *Spectacles.*

Commission d'instruction publique. — 11 messidor an II, — 29 juin 1794; — Fêtes à l'Être Suprême; pièces dramatiques; *rapport et arrêté* (approuvé par le Comité de Salut public, le 13 messidor).

Commission d'instruction publique. — 19 messidor an II, — 7 juillet 1794. — Rapport et projet d'arrêté au Comité de Salut public pour la fête du 26 messidor, époque anniversaire du 14 Juillet.

Vu et approuvé le 21 messidor.

*Nous avons donné le bon à tirer après corrections pour deux mille exemplaires de ce quatrième cahier le mardi 24 novembre 1903.*

Le Gérant : CHARLES PÉGUY

Ce cahier a été composé et tiré au tarif des ouvriers syndiqués.

IMPRIMERIE DE SURESNES (E. PAYEN, administrateur), 9, rue du Pont. — 275

*Nos Cahiers sont édités par des souscriptions mensuelles régulières et par des souscriptions extraordinaires ; la souscription ne confère aucune autorité sur la rédaction ni sur l'administration : ces fonctions demeurent libres.*

*Nous servons :*

*des abonnements de souscription à cent francs ;*
*des abonnements ordinaires à vingt francs ;*
*et des abonnements de propagande à douze francs.*

*Il va de soi qu'il n'y a pas une seule différence de service entre ces différents abonnements. Nous voulons seulement que nos cahiers soient accessibles à tout le monde également.*

*Le prix de nos abonnements ordinaires est à peu près égal au prix de revient ; le prix de nos abonnements de propagande est donc sensiblement inférieur au prix de revient. Nous ne consentons des abonnements de propagande que pour la France.*

*Nous acceptons que nos abonnés paient leur abonnement par mensualités de un ou deux francs.*

*Pour tout changement d'adresse envoyer soixante centimes, quatre timbres de quinze centimes.*

L'abonnement de propagande cesse de fonctionner pour chaque série à l'achèvement de cette série ; la quatrième série normale ayant fini fin juin 1903, on pouvait jusqu'au 30 juin 1903 avoir au prix de propagande les vingt premiers cahiers de cette série.

L'abonnement ordinaire cesse de fonctionner pour chaque série au plus tard le 31 décembre qui suit l'achèvement de cette série ; ainsi du premier juillet au 31 décembre 1903 on peut encore avoir pour vingt francs les vingt-deux cahiers de la quatrième série complète.

Le dixième cahier de cette série, Romain Rolland, *Beethoven*, était épuisé depuis plusieurs mois; nous avons procédé pendant les vacances à une seconde édition et nous avons complété par des exemplaires de cette seconde édition les quatrièmes séries acquises par la voie de l'abonnement. Cette seconde édition, tirée à trois mille exemplaires, est en vente au bureau des cahiers.

A partir du premier janvier qui suit l'achèvement d'une série, le prix de cette série est porté au moins au total des prix marqués; ainsi à partir du premier janvier 1904 la quatrième série sera vendue au moins trente-cinq francs.

*M. André Bourgeois, administrateur des cahiers, reçoit pour l'administration et pour la librairie tous les jours de la semaine, le dimanche excepté, — de huit heures à onze heures et de une heure à sept heures.*

*M. Charles Péguy, gérant des cahiers, reçoit pour la rédaction le jeudi soir de deux heures à cinq heures.*

*Adresser à M. André Bourgeois, administrateur des cahiers, 8, rue de la Sorbonne, Paris, toute la correspondance d'administration et de librairie : abonnements et réabonnements, rectifications et changements d'adresse, cahiers manquants, mandats, indication de nouveaux abonnés. N'oublier pas d'indiquer dans la correspondance le numéro de l'abonnement, comme il est inscrit sur l'étiquette, avant le nom.*

*Adresser à M. Charles Péguy, gérant des cahiers, 8, rue de la Sorbonne, Paris, la correspondance de rédaction et d'institution. Toute correspondance d'administration adressée à M. Péguy peut entraîner pour la réponse un retard considérable.*

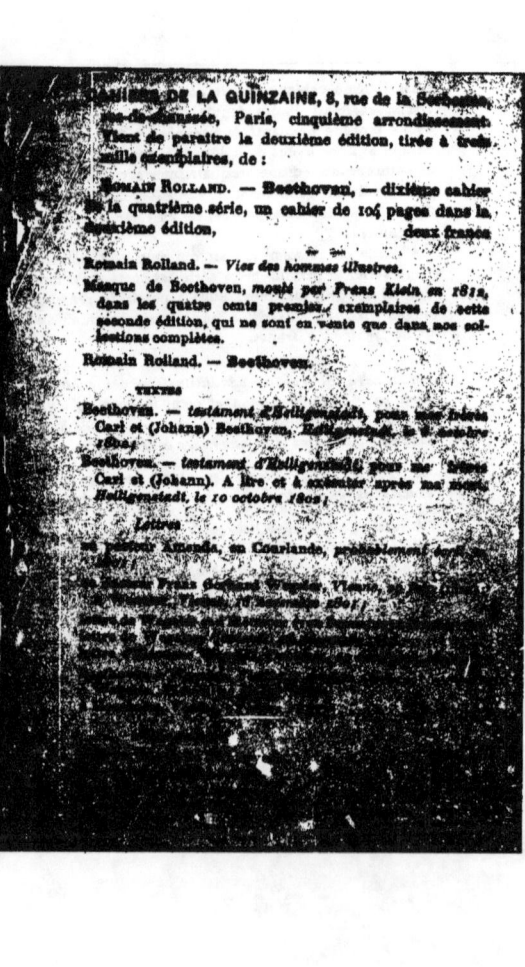

CAHIERS DE LA QUINZAINE, 8, rue de la Sorbonne,
rez-de-chaussée, Paris, cinquième arrondissement.
Vient de paraître la deuxième édition, tirée à trois
mille exemplaires, de :

ROMAIN ROLLAND. — Beethoven, — dixième cahier
de la quatrième série, un cahier de 104 pages dans la
deuxième édition,                                    deux francs

Romain Rolland. — *Vies des hommes illustres.*

Masque de Beethoven, moulé par *Franz Klein* en 1812,
dans les quatre cents premiers exemplaires de cette
seconde édition, qui ne sont en vente que dans nos col-
lections complètes.

Romain Rolland. — Beethoven

TEXTES

Beethoven. — *testament d'Heiligenstadt,* pour mes frères
Carl et (Johann) Beethoven, Heiligenstadt, le 6 octobre
1802;
Beethoven. — *testament d'Heiligenstadt,* pour mes frères
Carl et (Johann). A lire et à exécuter après ma mort,
Heiligenstadt, le 10 octobre 1802;

Lettres

www.ingramcontent.com/pod-product-compliance
Lightning Source LLC
Chambersburg PA
CBHW051813020726
47502CB00005B/1432